Brigitte Wenzina

Garser Trilogie

Band 1

„Das Terrassen-Cafe“

Brigitte Wenzina lebt seit ihrer Geburt (1960) in Gars am Kamp/Niederösterreich. Sie ist seit 1982 als Lehrerin für Englisch und Geschichte im berufsbildenden Schulwesen tätig. Ihrem Heimatort ist sie auch nach ihrer Heirat 1986 treu geblieben, 1990 kam ihre einzige Tochter Judith zur Welt.

Sie kennt Gars und das Kamptal seit ihrer Kindheit und weiß auch um die Tücken der Ortspolitik und die Macken der BewohnerInnen. Dieses Buch ist der launige Versuch, diese Gegebenheiten mit einem Augenzwinkern zu beschreiben.

KAMEGG
FALCO-
VILLA
GARS
BAHN-
TRASSE
BAHN-
HOF
KAMP
BAHNHOF-
STRASSE
TABOR
VILLEN-
GASSE
BAHN-
STEG
KAMPTALHOF
RATHAUS
HAUPT-
PLATZ
WOHN-
CONTAINER
BLAUENSTEINER
TERRAS-
SEN-
CAFE
WÖRTH
DREI-
FALTIG-
KEITS-
PLATZ
KAMP-
BRÜCKE
TABORGASSE
BURGGRABEN
BAB.
BURG
KUR-
PARK
REHA 1
FLORIANI-
STATUE
NORDTURM
SCHLOSS-
BERG
FRIED-
HOF
REHA 2
STRAND-
BAD
GERTRUDS-
KIRCHE
WALDPENSION
HÖCK
PENSION
SCHUSTER
PFADFINDER
SCOUT-CAMP
THUNAU

Die in diesem Buch vorkommenden Charaktere und deren Namen sind, wie auch die gesamte Handlung, frei erfunden. Ähnlichkeiten mit lebenden Personen sind rein zufällig und nicht beabsichtigt.

Autorin: Brigitte Wenzina
Coverfoto + Illustration: Brigitte Wenzina

Druck und Vertrieb im Auftrag der Autorin:
myMorawa von Dataform Media GmbH, Wien
www.mymorawa.com

ISBN:
978-3-99129-928-8 (Paperback)

PRINTED IN
AUSTRIA

INHALTSVERZEICHNIS

Kapitel 1:

Die Weichen sind gestellt

Ein rauschender Festakt auf der Burg

Die Wangen des Herrn Bürgermeisters Geier verfärbten sich immer mehr von rosa gefleckt zu einem großflächigen Rotgeflecht, doch seiner Stimme tat das keinen Abbruch. Lautstark johlte er „Jetzt trink ma no a Flascherl Wein, hollodaro! Es muass ja net das letzte sein, hollodaro!", wobei seine Finger gekonnt über die Tasten seiner Ziehharmonika flogen. Die Gäste auf den Heurigenbänken - sie waren auf dem eher unebenen, grasbüscheligen Untergrund des Burghofs aufgestellt worden - schunkelten, fröhlich eingehängt bei ihren jeweiligen Sitznachbarn, schon äußerst gefährlich anmutend im Takt mit. Oder versuchten es zumindest.

Es war kein alltägliches Fest, sondern die Vertragsunterzeichnung um den Verkauf des Terrassen-Cafes Blauensteiner, die da heute im Rittersaal der Babenberger-Burg über die Bühne gegangen war. Man – genauer gesagt, der Herr Bürgermeister – hatte darauf bestanden, dass die Unterzeichnung DIESES Kaufvertrags auf historischem Boden stattzufinden hätte. Und da gab es wohl keinen geeigneteren Ort als den ehemaligen Fürstensitz von Österreich, besagte Babenberger-

Burg, die auf dem Schlossberg über Gars thronte und auf der angeblich Markgraf Leopold III., der Heilige, seines Zeichens Landespatron von Niederösterreich, im Jahr 1073 geboren worden war. Das behaupteten zumindest die Garser hartnäckig.
Die Burg selbst war inzwischen eine Ruine geworden. Der älteste Teil, das „Feste Haus", war im 11. Jahrhundert erbaut und zweimal um eine Festungsmauer erweitert worden. Außerhalb umrundete der Burggraben, der allerdings im Laufe der Jahre immer mehr von Akazien und anderem Gebüsch in Besitz genommen wurde, die gesamte Anlage.

Endlich hatte sich ein Investor für das leerstehende „Terrassen-Cafe Hotel Blauensteiner" gefunden. Einer, der beabsichtigte, daraus ein Ärztezentrum für psychosoziale Gesundheit zu machen. Das passte hervorragend, weil bereits zwei ehemalige Dungl-Gebäude als Reha-Zentren für psychosoziale Krankheiten genutzt wurden und dieses Ärztezentrum nur einen Steinwurf davon auf der gegenüberliegenden Seite des Kamp-Flusses im Ort Thunau entstehen sollte.
Schon seit Jahrzehnten dämmerte das Terrassen-Cafe - auch als Hotel Blauensteiner bezeichnet oder einfach „das Blauensteiner" genannt - in einer Art Dornröschenschlaf vor sich hin. Obwohl

es nicht denkmalgeschützt war, hatte es nie Abrisspläne für dieses inzwischen sehr baufällig gewordene Gebäude gegeben. Es musste ein wirklich wunderschöner Bau gewesen sein. Das konnte man immer noch erahnen. Aus vier Stockwerken und einem Dachgeschoß bestand dieses Terrassen-Cafe, das in Wirklichkeit eine Pension gewesen war. Aber die großzügige Terrasse, die sich über die gesamte Front mit hohen Segmentbogenfenstern und einem mittigen Erker zog, hatte dem Hotel den klingenden Namen gegeben, der noch immer in großen blassgrünen Buchstaben über dem vierten Stockwerk sichtbar war. Darüber war im Giebel das vergilbte Ziffernblatt einer riesigen Uhr zu erkennen, die inzwischen ihre Stundenzeiger verloren hatte.
Wie treffend!
Seit über einem Jahr war es nun im Besitz der Gemeinde Gars. Der alte Friedl hatte es verkaufen müssen. Gerüchten zufolge zu einem Spottpreis. Dieselben Gerüchte besagten auch, dass daran maßgeblich die Frau Gemeinderätin Valerie Schwertlinger beteiligt gewesen war, die diesen Deal mit dem schon ein wenig zerstreuten Alten eingefädelt hatte. Angeblich hatte sie auch gleich die Schiene zu diesem Herrn Magister Peilsteiner, dem vielversprechenden Investor, gelegt. Aber das waren alles nur Gerüchte!

Gerüchte, für deren rasche Verbreitung immer wieder zwei Garser Tratschtanten sorgten: Mitzi Printl und Hanni Bachmair waren nicht nur bestens informiert, sie kannten auch alle und wussten auch alles. Und die paar Details, die sie nicht hundertprozentig wussten, füllten sie mit ihrer schier unerschöpflichen Fantasie.
Momentan saßen sie schunkelnd in der Menge, in ihrer Mitte hatten sie einen nicht mehr ganz jungen Herren eingezwickt, der eher an den Dekolletees der Damen als am Mitsingen interessiert war. Kein Wunder, die waren auch sehr einladend – die Dekolletees! Oder nannte man das eher ausladend?
„Der alte Friedl wird sich im Grab umdrehen!“, bemerkte Mitzi Printl zum eingeengten Herrn. „Wie meinst du denn das?“, japste der zurück und löste sich von seinem Anblick, um ihr fragend in die Augen zu schauen. „Na ja, wenn man bedenkt, was der Friedl JETZT dafür bekommen hätte,“ ergänzte Hanni Bachmair von der anderen Seite, um dem alten Herrn auf die Sprünge zu helfen.
„Aber gehabt hätte er ohnehin nichts mehr davon, weil er ja vor drei Wochen gestorben ist!“, lachte der Herr unpassend, pietätlos und überlaut, und kehrte mit seinen Augen wieder zu Mitzis Dekolletee zurück, das demnächst seine

Füllung zu verlieren drohte, wenn der Herr Bürgermeister die Stimmung weiter so anheizte.
Ja, vor exakt drei Wochen hatte eine Hauskrankenpflegerin den Alten frühmorgens tot in seinem Bett gefunden, neben ihm etliche Flaschen. Herzversagen stand auf dem Totenschein. Ob er an gebrochenem Herzen oder nagendem Neid gestorben war, nachdem er erfahren hatte, dass dieser Investor, Herr Magister Peilsteiner, der Gemeinde Gars das Zehnfache SEINES Verkaufspreises bezahlt hatte? Dieses Geheimnis hatte er mit ins Grab genommen und schlussendlich war das jetzt auch völlig egal. Heute wurde hier im Burghof dieser Mega-Deal gebührend gefeiert. Und die engagierte Frau Gemeinderätin Schwertlinger war - neben Herrn Bürgermeister Geier – quasi der Star dieses Festes.
Elegant war sie mit Hochsteckfrisur und selbstverständlich im Garser Dirndl unterwegs. Das hätte ihr allerdings auch noch eine Nummer größer gut gepasst. Sie wirkte etwas eingepfercht in dem erst im Jahr 2008 erfundenen Dirndl mit dunkelgrünem Leib und Rock, aber knallroter Schürze. Für diese Tracht waren sogar eigens Knöpfe mit dem Garser Wappen kreiert worden. Die Frau Gemeinderätin hatte dazu heute selbstredend die Festtagsschürze mit hochwertigem Seidendruck gewählt. Auf den Girardi-Hut hatte

sie verzichtet. Der Hut hätte ihrer Frisur heute sicher nicht gutgetan.
Sie hatte sich gerade vom Tisch ihres Ehemanns samt Freunden gelöst und an den Ehrentisch gedrängt. Schon hatte sie sich keck in den rechten Arm des Herrn Magisters Peilsteiner eingehängt, der sich zunächst etwas überrumpelt vorkam. Er versuchte im nächsten Augenblick, seine Ehefrau an seiner linken Seite zum Mitschunkeln zu animieren. Die jedoch blieb stocksteif sitzen, streifte mit ihren langen, dunkelrot lackierten Fingernägeln den Rock ihres Designerkostüms zurecht und band sich anschließend das sicher sehr teure seidene Halstuch neu. Dabei warf sie ihrem schon etwas angeheiterten Angetrauten einen vernichtenden Blick zu, den dieser mit einem entschuldigenden Schulterzucken quittierte und sich umso intensiver der Frau Gemeinderätin an seiner rechten Seite zuwandte.
„Das gefällt seiner Alten aber gar nicht", zwinkerte Bertl, an ein Stehtischchen gelehnt, seinem Trinkfreund zu. Sie hatten leider keinen Sitzplatz mehr ergattert und mussten daher ihre Debreziner samt Bier stehend genießen. Das machte zwar schneller schwere Beine, aber dafür hatte man einen wunderbaren Überblick über die feiernde Gesellschaft.
„Geh, du bist echt eine Blindschleiche, Bertl", lachte der Freund seinem tatsächlich sehr

kurzsichtigen Gegenüber zu, „anscheinend bist du der einzige Garser, der noch nicht mitgekriegt hat, dass da was läuft zwischen dem Peilsteiner und der Schwertlinger."
„Echt?", Bertl war überrascht. War ihm, der doch sonst über alle Gerüchte der Marktgemeinde Bescheid wusste, diese Affäre entgangen? „Glaubst du wirklich, sonst wär dieser stinkreiche Typ auf diesen Deal eingestiegen? Das sind doch Peanuts für den. Der hat so viel Kohle, da kommts auf eine oder zwei Mille echt nicht an. Und unsere Frau Gemeinderätin wird schon wissen, wie sie sich dafür bedanken kann." Er boxte Bertl lachend an die Schulter. Der rettete im letzten Moment sein Bierglas aus der Schusslinie. Konzentriert schaute er durch den unteren Rand seiner Brille, um seine Augen scharf zu stellen und damit vielleicht irgendetwas erkennen zu können, was die beiden innig Schunkelnden enttarnen könnte. „Jetzt gaff doch nicht so direkt zu denen hin! Iss lieber dein Würstel fertig, sonst wirds noch kalt!" Aber Bertl konnte sich nicht schnell genug von den beiden lösen, und da war es schon zu spät.
Die Frau Gemeinderätin hatte seinen durchdringenden Blick bemerkt und winkte ihm zu. Zögernd, aber freundlich lächelnd, winkte Bertl zurück. Da löste sie sich plötzlich von ihrem Herrn Magister, der inzwischen vom Arm-Einhängen

zum Umarmen gewechselt hatte, stand auf und kam schnurstracks auf Bertl zu.
Der Herr Magister blieb ein wenig verloren zurück und blickte auf sein leeres Glas. „Noch eins?“, fragte ihn ein junges Mädchen mit einem Tablett voller Bierkrüge auf ihrer Schulter. „Nein, danke!“, zischte seine Ehefrau und er konnte abermals nur entschuldigend die Schultern heben.
Die Frau Gemeinderätin war inzwischen bei den Stehtisch-Herren angelangt.
„Hallo, mein lieber Bertl“, flötete sie, „du, weil ich dich gerade seh. Ich hätte da eine Bitte.“ Das hatte Bertl befürchtet. Wenn ihn die Frau Gemeinderätin derart lieblich begrüßte, wusste er schon, was gespielt werden würde. „Weißt, der Herr Magister Peilsteiner, der will das Terrassen-Cafe nur ausgeräumt übernehmen. Beim Besichtigen sind wir nämlich in ein paar Räume gar nicht reingekommen vor lauter Dreck und Klumpert. Da schauts wirklich grauslich aus drinnen. Also, ich hab mir gedacht, dass du das vielleicht mit ein paar Freunden und deinen Pfadfindern übernehmen könntest. Die Pfadis haben doch eh jedes Jahr so ein Sozialprojekt laufen, und das wär wirklich sozial, wenn ihr da mit anpacken würdet.“
Sie lachte etwas zu laut und rutschte etwas zu nahe an Bertl heran. Dann lächelte sie ihr Lächeln,

das selten seine Wirkung verfehlte. Aber Bertl war nicht so dumm, darauf reinzufallen. Er würde sich und seine Freunde nicht für so eine Drecksarbeit missbrauchen lassen. Die Gemeinde hatte doch dafür eigene Arbeiter. Bevor er jedoch seine Gedanken zu Gegenargumenten formulieren konnte, legte die Frau Gemeinderätin schon nach: „Ich leg dafür ein gutes Wort für dich beim Bürgermeister ein, du weißt schon, wegen der Bäume beim Pfadfinderheim."

Das Pfadfinderheim war vor einigen Jahren mit viel freiwilliger und ehrenamtlicher Tatkraft, und finanziert durch Spendenaktionen, vergrößert worden, weil immer mehr Pfadfindergruppen aus dem In- und Ausland hier in Gars ihre Lager aufschlagen wollten. Leider befand sich in unmittelbarer Nähe eine Baumallee, die zunehmend zur Bedrohung für das neuwertige Gebäude wurde. Bei Sturm und Gewitter war Bertl jedes Mal mulmig zumute, ob die alten, morschen Bäume Wind und Wetter standhalten würden. Schließlich war er als Obmann der Pfadfinder für deren Sicherheit verantwortlich ... und auch haftbar. Aber der Herr Bürgermeister hatte bis dato noch kein offenes Ohr für seine Ängste gehabt.

Bertl dachte kurz nach, wog die Für und Wider dieses Angebotes mit gehobenen Augenbrauen ab und meinte dann, dass sich da möglicherweise schon was machen ließe. Die Frau Gemeinderätin

drückte ihm daraufhin einen derart fetten Schmatz auf die Wange, dass Bertls Brille verrutschte und ihm sein Freund die Serviette vom Würstelteller hinhielt. Bertl hatte nämlich einen deutlichen, roten Kussmund auf seiner Backe. Von der Frau Gemeinderätin war allerdings nichts mehr zu sehen.
„Na, die hat dich aber ordentlich eingekocht“, resümierte Bertls Freund, „wen willst du denn für diese Dreck-Mission einteilen beziehungsweise finden?“
„Ich denk da an ein paar rüstige Pensionisten, die Zenk-Zwillinge, zum Beispiel. Die könnten meine Pfadis bei den schweren Arbeiten unterstützen.“
„Na, viel Spaß, auf mich brauchst du aber nicht zu zählen!“, lachte Bertls Freund und fischte sich einen Mohnzuzler der Kurkonditorei Ehrenberger vom Tablett einer Kellnerin, die gerade Richtung Ehrentisch unterwegs war. „Bis die dort ankommt, ist nur noch die Hälfte drauf!“, war er sich sicher.
Bertls Blicke wanderten über die feiernde Schar. „Erstaunlich!“, dachte er, „wenn sie feiern, scheint es plötzlich gar keine Differenzen zwischen den politischen Parteien zu geben.“ Egal, welche Farbe ihre Partei hatte, fast alle anwesenden Gemeinderäte hatten schon eine einheitliche, rosige Gesichtsfarbe und alle sahen schon etwas mitgenommen aus.

Und erst der Herr Bürgermeister! Dessen Kopf war dunkelrot angelaufen. Oder sah das nur so aus, weil es langsam dämmrig wurde an diesem erfolgreichen Spätsommertag? Ungeachtet dessen quetschte er immer noch ausgiebig und schwitzend seine Ziehharmonika, seine Stimme jedoch wirkte schon etwas angekratzt. „Hoffentlich hat er morgen keine Rede zu halten", bemitleidete Bertl den Gemeindechef in seinen Gedanken, „sonst wird er ein gutes Mikrophon brauchen."

Der Herr Magister hatte sich inzwischen auch erhoben. Ohne ein Wort mit seiner Frau zu wechseln, hatte er sich Richtung Toiletten begeben. Das dachte jedenfalls Bertl! Aber dann ging er daran vorbei und zielstrebig Richtung Hungerturm, dem Nordturm der Burg, der vor ein paar Jahren im Innern einen Aufgang über sechs Stockwerke erhalten hatte. Für einen Euro durfte man ihn besteigen. Und diesen Euro war die Aussicht über ganz Gars allemal wert.

Der Herr Magister bog allerdings kurz vor dem Nordturm rechts zu einem hölzernen, schweren Tor - dem Zwinger-Tor - ab, das direkt in den Burggraben führte.

Dahinter wurde er bereits sehnsüchtig erwartet. Die Frau Gemeinderätin hatte heute vorsorglich auf die Unterwäsche unter ihrem Dirndl verzichtet! Musste diesmal ja schnell gehen, damit die

illustre Gesellschaft im Burghof nicht misstrauisch wurde. Die beiden hatten allerdings nicht mit dem Sandler gerechnet.
Der Sandler war ein ortsbekannter Obdachloser, den eben alle nur „den Sandler" nannten. Er finanzierte sich seinen bescheidenen Lebensunterhalt mit gelegentlichen Schwarzarbeiten in privaten Gärten oder auf anderen Baustellen. Die meisten Garser sahen das gelassen und manche Garser schenkten ihm hin und wieder Selbstgemachtes wie Kuchen oder Marmeladen. Manche brachten ihm auch abgetragene Sakkos oder Hemden. Bis vor zwei Jahren hatte er noch neben dem Kellergewölbe im Garten des Terrassen-Cafes hinter einem Holzstoß „gewohnt", wie er es nannte. „Gehaust", nannten es andere. Mit zunehmendem Alter (er war inzwischen über siebzig) und mit zunehmender Vorliebe für scharfe Getränke verschlechterte sich allerdings sein Gesundheitszustand.
Und so kam es, dass er sein Domizil beim Terrassen-Cafe aufgab und in den im Burggraben für ihn bereitgestellten, beheizbaren Wohncontainer übersiedelte. Dort hatte er wenigstens die Möglichkeit, die Waschgelegenheit am Friedhof zu benützen und dort konnte er auch ordnungsgemäß aufs Klo gehen. Von letzterem Angebot machte der Sandler aber sehr selten Gebrauch. Er

bevorzugte lieber die reichlich vorhandenen Büsche im Burggraben. So auch dieses Mal!
Auf alle Fälle wusste der Sandler sofort, dass das Keuchen und Grunzen nicht von den Wildschweinen kam, die hin und wieder seinen Burggraben durchstreiften. Er wusste sofort, was sich da hinter dem Holztor abspielte.
Zielstrebig marschierte er über den Burgsteg, der die frühere Kettenhängebrücke ersetzte, durch den Nordturm direkt in den Burghof. Dort hielt er Ausschau nach dem Herrn Schwertlinger, dem Ehemann der Frau Gemeinderätin. Als er ihn gefunden hatte, sagte er nur: „Kumm amoi mit!“

Kapitel 2:

Omas Rat ist gar nicht teuer

Die unangenehme Beichte im Stephansheim

„Bringen Sie Ihrer Oma wieder die neuesten Nachrichten aus Gars? Sie hat eh schon nachgefragt, warum Sie heute noch nicht da sind!", kommentierte die füllige Empfangsdame laut das tatsächlich etwas verspätete Eintreffen der Frau Gemeinderätin Schwertlinger im Stephansheim Horn, jener Seniorenresidenz, in der die 99-jährige Oma Gramperl wie jeden ersten Mittwoch im Monat auf den Besuch ihrer Enkelin wartete, die heute hoffentlich die Herbstausgabe der Garser Gemeindenachrichten in ihrer (immer riesigen) Handtasche mitbringen würde. Die Gemeindenachrichten waren das vierteljährlich erscheinende Informationsblatt des Luftkurortes Gars am Kamp. Sie beinhalteten alle wichtigen Neuigkeiten der letzten drei Monate, von diversen Ehrungen verdienter Bürger bis zur Rattenbekämpfung, vom Müllkalender bis zum Ärzte-Wochenenddienst, von neugeborenen Garsern bis zur Rubrik „Wir trauern um".
„Bin ja schon da!", antwortete die Frau Gemeinderätin genervt und vermied dabei den Augenkontakt mit der neugierigen Rezeptionistin. Sie wollte der Frage aus dem Weg gehen, warum sie denn bei diesem trüben Herbstwetter eine

Sonnenbrille trage. Deshalb marschierte sie flotten Schrittes auf den Lift zu. Oma sollte in ihrem Zimmer im zweiten Stock nicht noch länger warten müssen.
Die Tür zu Omas Zimmer war nur angelehnt und als die Frau Gemeinderätin durch den offenen Spalt spähte, sah sie ihre Oma – das Sonntagskostüm tragend, die verbliebenen Haare toupiert und die Perlenkette um den Hals – in ihrem Lehnstuhl dösen. Sollte sie heute ausnahmsweise vielleicht nur die Zeitung auf der Kommode ablegen und gleich wieder verschwinden? Sie könnte Oma nachher anrufen und ihr sagen: „Ich wollte dich nicht wecken. Du hast so selig geschlummert!" Damit würde sie die unweigerliche Fragerei, die sie heute mit Sicherheit erwartete, umgehen. Andererseits hatte Oma bis jetzt immer ein offenes Ohr für ihre Sorgen und Probleme gehabt. Oma war eine gute Zuhörerin und konnte trotz ihres hohen Alters viele Situationen noch präzise und objektiv einschätzen. Und sie interessierte sich noch brennend für alles, was um sie herum geschah.
Am brennendsten interessierten sie aber die Nachrichten aus ihrem Heimatort Gars, wo sie Zeit ihres Lebens bis zu ihrem 96. Geburtstag gewohnt hatte. Nachdem aber ihre Tochter vor drei Jahren bei einem Autounfall ums Leben gekommen war, konnte und wollte sie nicht mehr allein

in ihrem Garser Haus bleiben. Sie selbst hatte nach diesem Unglück sehr schnell entschieden, ihren Lebensabend hier zu verbringen. „So lang wird es ja wohl eh nicht mehr dauern!“, hatte sie damals mit einem Augenzwinkern gesagt. Und jetzt waren es doch schon fast drei Jahre.

„Komm nur rein, ich schlafe nicht!“, wurde die Frau Gemeinderätin aus ihren Gedanken gerissen. Kaum hatte sie die Zeitung auf der Kommode neben dem Lehnstuhl abgelegt, ging es schon los.

„Wie schaust du denn aus, Kinderl?“ Oma war auch eine gute Beobachterin.

„Ganz blass bist du!“

Sie hätte sich besser schminken sollen.

„Und warum hast du denn die Sonnenbrille auf?“ Oma musste die Antworten auf ihre Fragen erst gar nicht abwarten. Sie sah die Tränen, die sich am untersten Rand der Sonnenbrille angesammelt hatten und sich jetzt ihren Weg über die Wangen ihrer Enkelin bahnten. Bedächtig griff sie nach der Hand der Weinenden: „Jetzt setz dich erst einmal her zu mir. Ich bestell uns zwei Kaffee bei der Hausdame, weil runter ins Kaffeehaus wirst du ja – so wie du beisammen bist – nicht gehen wollen.“

Oma hatte sich heute leider umsonst so hübsch herausgeputzt, aber das tat nichts zur Sache. Jetzt gab es Wichtigeres. „Und dann erzählst du mir

alles, gell, Kinderl? Das kriegen wir schon hin!“
„Das war ja schon immer dein Lebensmotto,“ schniefte die Frau Gemeinderätin, „aber so einfach lässt sich das diesmal nicht hinkriegen, Oma!“
Und dann erzählte sie. Zum Teil von Dingen, die Oma schon wusste oder zumindest vermutet hatte, aber Oma unterbrach sie nicht. Sie war eine gute Zuhörerin.
Von ihrer Ehe, die schon lange keine mehr war, erzählte ihre Enkelin. Und dass sie nur für Lucky, den gemeinsamen 16-jährigen Sohn, so lange durchgehalten hätte. Lucky war schwierig und fing zunehmend an, die Verhaltensmuster seines Vaters zu imitieren. Das machte sie wahnsinnig. Entweder nörgelten die beiden über alles, was sie tat oder sie reagierten mit totaler Ignoranz, im besten Fall mit einem Schulterzucken. Rasend machte sie das. Sie fühlte sich zu Hause völlig wertlos, einsam, erniedrigt.
Aber in der Gemeinde, da war sie etwas wert. Da schätzte man ihr unbändiges Engagement, ihre Bereitschaft, sich für Gars einzusetzen. Immer intensiver hatte sie sich dieser verantwortungsvollen und erfüllenden Aufgabe gewidmet. Mit unermüdlichem Einsatz hatte sie die Belange der Gemeinde vertreten und vorangetrieben, immer das Wohl der Garser Bürgerinnen und Bürger vor Augen.

„Auf Seite 4 kannst du nachlesen, wie ich mich eingesetzt hab für das Terrassen-Cafe!“, schluchzte sie, holte die Papiertaschentücher aus ihrer Handtasche und zupfte eines davon aggressiv aus der Packung. Sie wartete auf Omas Reaktion. Aber Oma dachte gar nicht daran, die Seite 4 aufzuschlagen und ihre Enkelin dafür zu loben.
„Das ist ja alles schön und gut, aber deswegen heult man doch nicht solche Bäche!“, analysierte die alte Dame schnell und geschickt.
„Was ist denn wirklich passiert, Kinderl?“, hakte sie nach.
„Wir lassen uns scheiden!“
Oma zog eine Schnute: „Und das ist dir nicht schon früher eingefallen?“
Unweigerlich war der Moment gekommen, an dem die Frau Gemeinderätin ihrer Oma wohl oder übel reinen Wein einschenken musste. Nach ein paar Seufzern beichtete sie schließlich ihre Beziehung zum neuen Investor, dem Herrn Magister Peilsteiner. Und dass der sich auch bald scheiden lassen würde. Aber erst, wenn die Sache mit dem Hotel unter Dach und Fach wäre. So lange sollten sie ihre Liebe geheim halten, hatte er gesagt, und sie hatte es verstanden.
Und dann ist doch alles etwas ZU FRÜH und ausgesprochen unpassend und unangenehm publik geworden.
„Der versoffene Sandler hat uns belauscht bei

unserem Treffen im Burggraben," gab sie kleinlaut von sich, ohne Oma dabei anzusehen. „Und dann ist plötzlich mein ‚Göttergatte' dagestanden." Sie spuckte das Wort angewidert aus. „Und dann gab es einen gehörigen Radau. Und bevor sich die zwei in die Haare kriegen konnten, bin ich dazwischen gegangen. Jetzt weiß es wahrscheinlich ganz Gars." Sie heulte theatralisch auf. Erst jetzt nahm sie ihre Sonnenbrille ab. Oma bekam plötzlich ganz große Augen.
„Kinderl!", sagte sie nur und legte ihre faltige Hand auf ihren faltigen Mund. Noch einmal „Kinderl!", begleitet von heftigem Kopfschütteln. „Du bist jetzt fast 50 Jahre alt. Und du lässt dich schlagen?"
Eine kurze Pause entstand, weil das „Kinderl" nicht wusste, was es darauf antworten sollte. „War das dein…?" Oma musste den Satz gar nicht vollenden, weil sie schon ein Nicken gesehen hatte.
Wieder eine Pause, in der die Frau Gemeinderätin ein weiteres Taschentuch aus der Packung rupfte. Nach dem Schnäuzen versuchte sie, mit Hilfe des kleinen Kosmetikspiegels, der zu den Standardrequisiten ihrer Handtasche gehörte, ein wenig von ihrem Augen-Make-Up zu retten.
Diese Pausen dauerten ihr viel zu lange. Sie wollte die Vorwürfe der alten Dame möglichst schnell hinter sich bringen. Diese meinte aber mit

gänzlich ruhiger Stimme: „Einen Mann, der schlägt, den kann man nicht gernhaben. Du wirst eine Entscheidung treffen müssen, Kinderl!“

Wieder eine Pause, wieder viel zu lange. Die Frau Gemeinderätin zwirbelte eine Ecke ihres Taschentuchs, dann eine zweite. „Aber glaubst du wirklich, dass dieser Herr Magister der Richtige für dich ist? Der kommt doch aus einer ganz anderen Welt. Lass dir doch Zeit! Verdau deine Ehe erst einmal! Stürz dich doch nicht gleich in die nächste!“

Wieder entstand eine Pause. Da waren sie, die guten Ratschläge, die die Frau Gemeinderätin zu diesem Zeitpunkt wirklich nicht hören wollte. Aber sie schwieg. Die zittrige, faltige Hand tätschelte noch einmal sanft die fein manikürte. „Aber egal, wie du dich entscheidest, ich bin für dich da. Noch, noch bin ich da.“ Sie lächelte weise. „Und ich kenn dich. Du wirst die richtige Entscheidung treffen. Du kriegst das schon hin. Was sagt eigentlich euer Lucky zu der ganzen Sache?“

„Wie immer, kaum etwas! Zuerst hat er nur mit den Schultern gezuckt. Dann hat er die Augen gerollt und gesagt: ‚Ihr hätts euch wenigstens ein Zimmer nehmen können, das ist ja ur-peinlich, wenn so alte Leute im Freien …‘, das Wort will ich dir jetzt gar nicht sagen.“

„Vögeln oder schnackseln haben wir das früher genannt", ergänzte Oma den Satz ohne jegliche Gefühlsregung. Das war der Frau Gemeinderätin jetzt aber gehörig peinlich. So hatte sie Oma noch nie reden hören. Die aber wollte mehr darüber wissen.
„Und? Wie lang geht das schon mit diesem Herrn?"
„Das erste Mal sind wir uns vor eineinhalb Jahren über den Weg gelaufen. Da ist diese Sache mit dem alten Friedl seinem Hotel-Verkauf gerade erledigt gewesen. Und, na ja, so richtig sind wir seit einem Jahr zusammen", antwortete die Frau Gemeinderätin ein wenig schüchtern.
„Aha! Ein Jahr also!"
Oma dachte nach. Viel zu lange für die Frau Gemeinderätin, die inzwischen alle vier Ecken des Taschentuchs zer-zwirbelt hatte. Oma schien zu überlegen und abzuwägen. Dann gab sie ihrem Herz einen Stoß und sagte vorsichtig: „Weißt du eigentlich, dass mich der Friedl vor etwa zwei Monaten hier im Stephansheim besucht hat? Da hat er mir schon von deiner Affäre mit dem Herrn Magister erzählt. Die Garser scheinen schon länger etwas gewittert zu haben."
Die Frau Gemeinderätin war entsetzt. Oma beeindruckte das nicht. „Und furchtbar aufgeregt hat er sich bei seinem Besuch, weil die Gemeinde ein Vielfaches seines Verkaufspreises für SEIN

Terrassen-Cafe bekommen hat, hat er gesagt. Und dass DU dabei ordentlich Druck gemacht hättest, das hat er auch behauptet.“
Oma hatte kurz ihre Augenbrauen gehoben und versucht, einen strengen Blick aufzusetzen. „Jedenfalls macht euer Gspusi schon länger in Gars die Runde.“
Die Frau Gemeinderätin war sprachlos.
Oma schien abermals kurz nachzudenken und fuhr dann fort: „Weißt, Kinderl! Ich glaub ja nicht, dass der alte Friedl einfach so gestorben ist. Der war so gereizt! So, so wütend war der! Ich glaube, der hat in seinem gekränkten Stolz nachgeholfen.“
Jetzt riss die Frau Gemeinderätin ihre Augen auf: „Du meinst, der hat sich umgebracht?“ Oma nickte beinahe unmerklich, wechselte dann aber abrupt ihren Tonfall: „Ist aber jetzt eh egal. Aber dir, dir Kinderl, dir stehen schwierige Zeiten bevor!“ „Ich weiß, Oma! Aber wie sagst du immer? Das kriegen wir schon hin!“, versuchte sich die Frau Gemeinderätin in einem kleinen Lächeln. „Ja, Kinderl“, tätschelte Oma noch einmal die Hand ihrer Enkelin, „du kriegst das sicher hin.“ Seltsamerweise klang es diesmal nicht so überzeugend.
Genau in diesem Augenblick klopfte es an der Tür und gleich darauf steuerte ein junges Mädchen sehr dynamisch mit zwei Tassen Kaffee und

zwei Stück Gugelhupf auf Omas Kommode zu. „Kaffeejause, Frau Gramperl!“, rief sie fröhlich, war aber sofort irritiert, als sie die angeschwollenen Tränensäcke und die lädierte Wange der Frau Gemeinderätin entdeckte. Die Frau Gemeinderätin hatte nach der Schmink-Auffrischung vergessen, ihre Sonnenbrille rechtzeitig wieder aufzusetzen. Eilig stellte das Mädchen die Tassen und die Mehlspeise ab und verschwand lautlos. „Super, jetzt weiß es auch ganz Horn, dass da was nicht stimmt mit mir“, schniefte die Frau Gemeinderätin in Taschentuch Nummer vier oder fünf, aber Oma ging nicht auf das Selbstmitleid ihrer Enkelin ein. Sie hatte sich schon ein Stück Gugelhupf gesichert und aus ihrem vollen Mund kam ein kaum verständliches Nuscheln. Das musste wohl „das kriegen wir schon hin“ geheißen haben.

Als die Frau Gemeinderätin eine Stunde später – gestärkt an Leib und Seele – aufbrach, war sie erleichtert, dass ihr Oma Gramperl keine allzu großen Vorwürfe gemacht hatte. Sie schob ihre Sonnenbrille zurecht und versuchte, möglichst unauffällig das Gebäude zu verlassen. Was ihr wider Erwarten auch gelang! Die Empfangsdame war auch mit ihrer Kaffeejause beschäftigt.

Oma hingegen nahm die Garser Gemeindenachrichten zur Hand, die früher so klingend „Kulturbrief“ geheißen hatten. Heute waren sie

besonders dick. Sie studierte die Sonderseiten über die Garser Sommerfrische und den Verkauf des Terrassen-Cafes Hotel Blauensteiner akribisch genau.
Ja, es stimmte, was da über die drei wichtigsten Sommerfrische-Pensionen von Gars stand: Die „Waldpension“ war noch vor dem Hotel Blauensteiner im Jahre 1896 erbaut und 1934 in den Besitz der Familie Mück übergegangen. Es war das einzige der drei Hotels, das noch heute als Familienbetrieb geführt wurde. Falco hatte dort oft übernachtet, bevor er Mitte der 1980er-Jahre selbst eine Villa in der Hornerstraße erstanden hatte.
Die zweite war die „Pension Schuster“, die - wie das Hotel Blauensteiner - auch am Fuße des Schlossbergs lag. Heute war es ein Privathaus, aber in den 1970er-Jahren waren die dort allwöchentlich veranstalteten Grillabende legendär und bei Sommergästen wie Garsern ausgesprochen beliebt gewesen. Auf der Terrasse sitzend, hatte man einen einzigartigen Blick auf das Strandbad, den Kamp und das gegenüberliegende Badhaus. Dort wurden jahrzehntelang die Leiden der Sommerfrischler mit Neydhartinger Moor gelindert.
Auch die Mutter des späteren Künstlers Friedensreich Hundertwasser, der damals noch Fritz Stowasser hieß, wurde dort behandelt und beide

waren in eben dieser Pension Schuster einquartiert gewesen. Oma Gramperl lächelte in sich hinein, als sie an den jungen Burschen mit dem struppigen Haar und den buschigen Augenbrauen dachte. Frühmorgens schon, wenn sie über die Kampbrücke marschierte, saß er am Straßenrand und zeichnete. Einmal entdeckte sie ihn sogar hinter dem Hotel Blauensteiner in der Taborgasse, als sie am Vormittag einen Blick aus dem Bügelzimmer warf.
Oma nickte versonnen!
Endlich folgte ein langer Bericht über das „Terrassen-Cafe Hotel Blauensteiner". IHR Blauensteiner, welches ihr für mehr als fünfzig Jahre ein zweites Zuhause gewesen war. Das ursprüngliche Hotel war im Jahr 1900 erbaut worden. Die namensgebende, große Terrasse wurde irgendwann zwischen 1910 und 1938 errichtet. Zweifellos war dieses Haus, abgesehen vom noblen Kamptalhof im Ortszentrum, das bedeutendste der drei Pensionen gewesen. So stand es zumindest hier im Zeitungsbericht. Oma wurde ob der schmeichelnden Worte fast ein wenig stolz.
Ihre Gedanken schweiften zurück zum Anfang des Zweiten Weltkriegs. Nachdem die Nationalsozialisten 1938 das „Pflichtjahr für Mädchen" eingeführt hatten, trat sie dieses im Hotel Blauensteiner an. Herr Blauensteiner hatte sie zunächst als Zimmermädchen eingesetzt. „Fräulein Lilly"

nannte man sie damals. Weil er aber bald darauf zum Militärdienst einberufen wurde, musste er das Terrassen-Cafe schließen. Fräulein Lilly hatte in dieser Zeit die Aufgabe übernommen, dreimal pro Woche nach dem Rechten zu sehen und die Pension in Schuss zu halten.

Im Jahr 1943 hatte Lilly dann in einer sogenannten „Stahlhelmhochzeit" geheiratet. So nannte man Fernhochzeiten, die gar nicht so selten waren, da ja die meisten heiratsfähigen Männer zum Wehrdienst eingezogen worden waren.

Im Nachhinein betrachtet, war das ein großer Fehler gewesen. Oma verzog ihren faltigen Mund.

Nur zwei Mal pro Jahr gab es Fronturlaub, und jedes Mal, wenn er nach Hause kam, war er ihr fremder geworden. Nach Kriegsende im Jahr 1945 hatte sie das Gefühl, dass sie bei seiner Heimkehr am Bahnhof Gars-Thunau ein völlig anderer Mann in die Arme nahm als der, in den sie sich als 16-Jährige Hals über Kopf verliebt hatte.

Zehn Jahre später war er tot und sie musste sich – wie viele andere Mütter auch – allein um ihre damals neunjährige Tochter Marie kümmern. In dieser schweren Zeit hatte ihr der Herr Blauensteiner sehr geholfen.

Wochentags durfte Marie nach dem Unterricht von der Volksschule im Ortszentrum direkt ins

Hotel in „die“ Thunau kommen und im Bügelzimmer die Reste des Mittagsmenüs aufessen. Am Nachmittag hatte sie oft ihre Hausaufgaben an einem hinteren Tisch auf der Terrasse geschrieben. Der war bei den Gästen nicht so beliebt, weil die Sonne dort nicht hin schien. Erst spät am Abend schlenderten beide Hand in Hand über die Kampbrücke zurück nach Hause. Schwierig war diese Zeit gewesen, aber auch schön! Die Gäste hatten sie liebgewonnen, ihre „Frau Elisabeth“, die aus dem Fräulein Lilly geworden war. Und nicht selten schüttete ein Gast ihr sein Herz aus. Sie war schon damals eine gute Zuhörerin gewesen.
Nur diesen Schreiberling, den Herrn Heimito von Doderer, den hatte sie nicht gemocht. Er hatte Gars und seine Bewohner einmal als „verblödet“ bezeichnet. Da war es mit der Herzlichkeit der Frau Elisabeth vorbei gewesen. Aber das war mehr als ein halbes Jahrhundert her. Und jetzt, jetzt sollte es also ernst mit IHREM Blauensteiner werden. In den nächsten Monaten schon sollte das Gebäude abgerissen und ein modernes Ärztezentrum errichtet werden. So stand es hier schwarz auf weiß!
„Schade um die schöne Fassade!“, dachte die alte Dame, aber es vergammeln zu lassen, das war IHRES Hotels auch nicht würdig. In einem Zeitungsartikel war es sogar einmal „Katzenklo“

genannt worden, was sie ungemein aufgeregt hatte. Da war es wirklich besser, wenn diese Ära zu Ende ging und etwas ganz Neues entstehen würde. Aber, dass sich der alte Friedl - sie war sich sicher - deswegen umgebracht hatte, das war nicht in Ordnung. Und noch weniger war es in Ordnung, dass ihre eigene Enkelin dabei die Finger im Spiel gehabt hatte.
In einer Kolumne auf der nächsten Seite wurde der jetzige Besitzer, dieser Herr Magister Konrad Peilsteiner, in höchsten Tönen gelobt. Oma traute dieser Heuchelei, die sie da herauslas, nicht. Sie schloss die Zeitung, legte sie auf ihrer Kommode ab, nahm das dort stehende Familienfoto in die Hand und sagte zu der dort abgebildeten Enkelin: „Kinderl, ich hoffe, du kriegst das hin!"

Kapitel 3:

BAT heißt nicht nur Fledermaus

Ein teures Treffen beim Poldi-Wirt

„Na, da hat mir die Frau Gemeinderätin ja ordentlich was eingebrockt," erkannte Bertl resignierend, als er auf seinem Fahrrad bereits das dritte Gasthaus in Gars ansteuerte, um rüstige Pensionisten für das Ausräumen des Terrassen-Cafes zu rekrutieren. Beim „Goldenen Hirschen" war er nicht fündig geworden. Da waren heute nur fremde Gesichter zu sehen. Und die Herren, die er im Gasthaus Klackl am Schlossberg angetroffen hatte, waren leider schon jenseits der belastbaren Grenzen angelangt.

Schon von weitem, als er gemächlich die Hornerstraße entlang radelte, hörte er die Zenk-Buam lachen. Sie saßen mit Freunden unter den riesigen, schattenspendenden Kastanienbäumen im Gastgarten des Poldi-Wirts. Die Zenk-Buam, das waren – bereits etwas in die Jahre gekommene – eineiige Zwillinge, die trotz ihres fortgeschrittenen Alters noch immer schwer zu unterscheiden waren. Sie sahen aus wie eine doppelte Ausgabe des Heiligen Nikolaus. Nur etwas zu dünn waren sie, um als echte Nikoläuse durchzugehen. Nur ganz, ganz selten traf man einen davon allein an. Gemeinsam sangen sie in ortsbekannten, zusammengewürfelten Ensembles wie den „Garser Pechbläsern" oder den „A-Dom-Spatzen". Und gemeinsam genossen sie gerne ein Achterl oder zwei vom guten Wein, für den der Poldi-Wirt bekannt war.

„Grüß euch, alle miteinander!", versuchte Bertl sein Glück und saß zehn Sekunden später schon an ihrem Tisch. Zum vorbeitrabenden Wirt rief er: „Geh, Ali, bring uns ein gutes Flascherl!" Alle am Tisch schauten verwundert auf. Wenn der Bertl freiwillig eine Runde vom Guten ausgab, dann kamen dafür nur zwei ernst zu nehmende Gründe in Frage: Entweder war er frisch verliebt oder er wollte etwas ganz Bestimmtes von den Eingeladenen.

Letzteres stellte sich als wahrer Grund heraus. „Burschen, ich brauch eure Hilfe!", begann Bertl vorsichtig das Thema anzuschneiden. Und nach einer weiteren guten Flasche hatte er zwei starke Männer für die Hotel-Entrümpelung in seinem Team. Ein teures Geschäft war das für Bertl, der inständig und insgeheim hoffte, diese Rekrutierungsausgaben bei der Gemeinde als Spesen geltend machen zu können.

Am Nachmittag des nächsten Tages informierte Bertl im Zuge einer Heimstunde auf der Pfadfinderwiese seine 10- bis 14-jährigen Jugendlichen, die „Späher", über den bevorstehenden Einsatz. Nicht alle waren sofort von der Idee begeistert, aber Bertl erinnerte sie an das Pfadfindermotto „Allzeit bereit“ und an den Leitgedanken „Jeden Tag eine gute Tat“. So gelang es ihm schließlich, seine Burschen von der Wichtigkeit und Richtigkeit des bevorstehenden Unterfangens zu überzeugen.

Der Herr Bürgermeister war begeistert vom raschen Zusammenfinden der Gruppe von Freiwilligen, die aus zehn Pfadfindern und der BAT bestand.
„Wen oder was meinst du denn mit BAT?“, fragte er neugierig bei Bertl nach.
„Die BAT, das ist der Name, den die Zenk-Buam beim Poldi-Wirt erfunden haben: Die Blauensteiner-Ausmist-Truppe!“, erklärte Bertl lachend, „und weil wir gerade vom Poldi-Wirt reden, ich hätte da eine Rechnung!“
Der Herr Bürgermeister durchschaute ihn sofort und antwortete: „Kein Problem, Bertl. Und für eine ordentliche Jause wird auch gesorgt werden – wann immer ihr im Blauensteiner auf Einsatz seid.“ Bertl war fürs Erste zufrieden und der Herr Bürgermeister lachte innerlich: „BAT! Das war ja wirklich ein treffender Name, weil die eine oder andere Fledermaus werden sie dort schon finden.“ Dass sich in diesem Terrassen-Cafe allerhand anderes Interessantes finden würde, davon hatte der Herr Bürgermeister zu diesem

Zeitpunkt noch keinerlei Ahnung, nicht einmal die leiseste.

Kapitel 4:

Der Frühzug kommt nie zu spät

Wirre Gedanken im Kamegger Bett

Die Frau Gemeinderätin Schwertlinger konnte und konnte nicht einschlafen, was ja wirklich kein Wunder war. Das Bett, genauer gesagt, die durchgelegene Couch war da auch nicht wirklich hilfreich. Aber sie wollte sich dankbar schätzen, dass ihre engste Busenfreundin sie zu sich in die kleine Wohnung in Kamegg - einer kleinen Ortschaft nördlich von Gars - aufgenommen hatte. Hier war es wenigstens ruhig, wenn man von den vorbeifahrenden Zügen, die bei jedem unbeschrankten Bahnübergang lautstark auf die von ihnen ausgehende Gefahr aufmerksam machten, absah. Nach Hause hatte sie nach diesem Eklat auf der Burg nicht mehr wollen und nicht mehr können. Wer weiß, wie ihr Noch-Ehemann sie empfangen hätte und wer weiß, wie ihr Gesicht danach erst recht ausgesehen hätte. Sie wälzte sich auf ihrer unbequemen, zu kurzen und zu schmalen Liegestatt hin und her und griff schließlich zum x-ten Mal zu ihrem Handy. Vergeblich hatte sie versucht, ihren zukünftigen Ehemann zu erreichen, der gerade geschäftlich für ein paar Tage im Ausland weilte und sie deshalb die nächsten Tage und Nächte nicht trösten konnte. Aber wenigstens zurückrufen oder eine Nachricht könnte er

doch schicken! Sie wusste nicht einmal, wie seine Frau - zukünftige Ex-Frau - die ganze Sache aufgenommen hatte. Aber wenigstens wusste diese jetzt, dass ihre Zeit bald abgelaufen sein würde. Das war aber auch der einzige Vorteil dieser peinlichen Geschichte. Sie hatte das Gefühl, dass alle Garser, die ihr entgegenkamen, ein süffisantes Lächeln im Gesicht trugen. Und wenn sie sich danach allzu schnell umdrehte, sah sie manche tuscheln, deuten und kichern. Es war fast nicht auszuhalten.
Da war sie ganz froh darüber, dass ihre Freundin etwas außerhalb von Gars wohnte, wo - Gott sei Dank - nicht ganz so viele Leute unterwegs waren wie im Ortskern.
„Was Lucky wohl gerade macht?", schoss es ihr plötzlich durch den Kopf. Er war im Haus bei seinem Vater geblieben. Das war in der momentanen Situation wohl das Beste. Konnte sich der Herr Papa mal GANZ ALLEIN um die Erziehung kümmern. Bis jetzt hatte das SIE GANZ ALLEIN zu bewerkstelligen gehabt.
Wieder schielte sie auf ihr Handy. Nichts! Vielleicht hatte er keinen Handy-Empfang. Oder sein Akku war leer. Vielleicht war er noch in einem Meeting oder bei einem Geschäftsessen. Ihr Herr Magister war eben ein sehr gefragter und sehr erfolgreicher Mann!

IHR Herr Magister! Wie sich das anhörte! Die Garser würden sie sicher mit „Frau Magister“ anreden, wenn sie erst einmal verheiratet wären! Diesen Gedanken fand sie gar nicht schlecht! Er gefiel ihr außerordentlich!
Sie war inzwischen zu müde geworden, um weiter darüber zu sinnieren. Sie schlief äußerst unruhig und wurde exakt um 4 Uhr 14 vom Frühzug unsanft in die Realität zurückgepfiffen.

Kapitel 5:

„Wir zerlegen Ihre Bude"

Eine Entdeckung im Terrassen-Cafe

Geschickt schwenkte der LKW-Fahrer der Entsorgungsfirma Stark die riesige, fünfte Abfallmulde über den Gartenzaun und platzierte sie exakt zwischen zwei knorrigen Obstbäumen im Vorgarten des Terrassen-Cafes. Bertl und seine Pfadfinder staunten über die präzise Landung des tonnenschweren Behältnisses. Der Fahrer deutete mit einem erhobenen Daumen das Ende seiner Mission an, kroch zurück in seine Fahrerkabine und startete seinen Brummer. „Wir zerlegen Ihre Bude!", stand in blauen Großbuchstaben auf der Seitenwand seines Gefährts. Bertl grinste: „Auf gehts, Burschen! Jetzt zerlegen WIR die Bude!" Insgesamt 13 Personen waren zusammengekommen: Acht „Späher" inklusive Pfadfinderführer Ronny und sein Wiener Freund, der auf den Spitznamen Filou hörte, sicherlich zwei Meter groß war und Muskeln hatte, um die ihn alle anderen anwesenden „Männer" beneideten. Alle warteten auf weitere Anweisungen Bertls. Der jedoch schaute auf seine Armbanduhr und meinte: „Die Zenk-Buam werden eh gleich da sein, fangen wir halt mal mit den leichteren Sachen an."
Die Zenk-Zwillinge hatten – wie fast jeden Samstagvormittag – einen kleinen Auftritt am

Viktualienmarkt zu absolvieren. Bertl nahm an, dass sie wohl deswegen ein bisschen verspätet zu ihrer ersten BAT-Mission erscheinen würden.
Nachdem es Bertl gelungen war, sich durch Brennnesseln und Brombeersträucher zur Spinnweben-bedeckten Eingangstür vorzukämpfen, öffnete er sie und sah zunächst … gar nichts. Teilweise waren die Jalousien geschlossen. Und die schweren Samtvorhänge verhinderten zusätzlich einen brauchbaren Lichteinfall. Bertl zückte sein Handy und leuchtete damit ins erste Zimmer. Vorsichtig tastete er sich Richtung Fenster und versuchte, den Vorhang zu öffnen. Der jedoch hakte widerspenstig und nach einem neuerlichen Versuch fiel ihm der Vorhang samt Vorhangstange mit einem lauten Krachen vor die Füße. Erst nach ein paar Sekunden war Bertl im Staubnebel wieder zu erkennen. „Na servas!", hüstelte er und ein paar seiner Pfadis kicherten ungeniert. Ein wenig später sah man die fleißigen Arbeiter vergilbte Bett- und Tischwäsche zu den Mulden tragen und sie Filou oder Bertl, die beide auf den an die Mulden angelehnten Leitern warteten, überreichen. Diese stiegen damit hinauf auf die letzten Sprossen und hievten jede Ladung mit einem ordentlichen Schwung in das jeweilige Behältnis.
Auch die Zwillinge waren inzwischen eingetroffen und hatten sich in die Prozession von Hotel

zu Mulden und wieder zurück eingegliedert. Filou war kurz irritiert, weil er sich nicht vorstellen konnte, dass ein einzelner, hagerer, älterer Mann so schnell eine Ladung zu ihm brachte und kaum eine Minute später mit der nächsten antanzte. „DER ist auf sein Alter aber super drauf", meinte er anerkennend zu Bertl, der auf der Nebenleiter stand. Bertl lachte auf: „Die sind BEIDE topfit!"
Filou verstand erst, als sich die Zenk-Buam beim Rein- und Rausgehen zufällig beim Hoteleingang trafen. Er konnte einen Moment lang nicht glauben, dass es da zwei von der gleichen Sorte gab. „Na, warum schaust du denn so langsam?", kam eine Stimme von unten, „ich kann das da bald nicht mehr halten!" Filou lachte, nickte und befreite den kleinen „Späher" von seiner Last.
Nach drei Stunden harter Arbeit waren bereits zwei Mulden gänzlich befüllt. Da kam der Herr Bürgermeister flotten Schrittes vom Viktualienmarkt über die Kampbrücke. In der Hand trug er einen Korb, der randvoll mit Leberkäs-Semmeln und alkoholfreien Getränken gefüllt war. „Burschen, Jausenzeit!", rief Bertl, als er den Herrn Bürgermeister in die Villengasse einbiegen sah. Langsam kamen alle im Vorgarten zusammen, suchten sich Sitzgelegenheiten auf Baumstümpfen oder Mauerziegeln und griffen hungrig zu.
„Herr Bürgermeister, darf ich mir eigentlich

etwas mitnehmen von all den Sachen, die wir da drinnen finden?", fragte ein genüsslich mampfender Pfadi mit vollem Mund. „Selbstverständlich! Alles, was dir gefällt und alles, was du tragen kannst! Je mehr, desto besser!", lachte der Herr Bürgermeister und langte ebenfalls nach einer Semmel. Waren ja sicher genügend da! Der kleine Pfadi hatte seine bereits zwischen die Zähne geklemmt und zog sich wieder seine Arbeitshandschuhe an. Im nächsten Moment war er im Innern der BUDE verschwunden. Als der Herr Bürgermeister nach seiner zweiten Semmel fischte, kam er wieder zurück. In den Händen trug er eine große Stehlampe samt löchrigem Lampenschirm. „Für meine Schildkröten," erklärte er stolz, „die brauchen viel Licht, wenn sie noch klein sind." Er zog seine Handschuhe wieder aus und griff nach einer Cola-Dose. „Du züchtest Schildkröten?", wunderte sich der Herr Bürgermeister über das doch sehr ungewöhnliche Hobby. „Na ja, eigentlich mein Bruder," gurgelte der Späher zurück.

„Ich schau auch mal rein!", meldete sich Jakob, ein etwas älterer „Späher", ab. Er war bereits mit seiner Jause fertig und schulterte seinen Rucksack.

Im Hotel durchforstete er jede Etage und entdeckte im dritten Stock einen Raum mit einem raumhohen Bücherregal. So etwas hatte er noch nie gesehen! Reihe um Reihe standen eng aneinandergereiht Bücher, Unmengen von Büchern! Er suchte nach einem Buch über Modelleisenbahnen - ein Hobby, das er mit seinem Vater teilte. Er fand leider nichts wirklich Interessantes. Bis sein Blick auf die Buchrücken im oberen Bereich fiel. Sie waren in einer Schrift beschrieben, die er nicht kannte und daher auch nicht lesen konnte. Er stieg auf einen wackeligen Sessel und zog eines dieser seltsamen Bücher aus der Reihe. Dabei entdeckte er, dass sich dahinter noch etwas befand. Es sah aus wie eine Rolle oder ein kleiner Köcher. So etwas kannte er vom Bogenschieß-Spiel. Flugs war sein Interesse an den Büchern zugunsten der weit interessanteren Köcher gewichen. Behutsam räumte er einige Bücher zur Seite. Da waren noch ein paar mehr von diesen Rollen. Er öffnete die erste. Sie war aber nicht mit Pfeilen bestückt, sondern im Innern war eine Papierrolle. Jakob dachte, dass er eine Urkunde oder irgendein anderes wichtiges Dokument gefunden hätte, aber es war nur eine Bleistiftzeichnung. Dann aber gluckste Jakob, als er die fast nackte Frau sah. Er steckte sie zurück in die Rolle und verschloss diese wieder. In der zweiten Rolle war die Frau von hinten zu sehen. Sie hatte einen prallen Popo. Jakobs Hormone spielten verrückt. Und auf der nächsten Zeichnung lag sie auf einem Bett und hatte die Beine leicht gespreizt. Jakob wurde

heiß und seine Hose eng. Er konnte nicht widerstehen und steckte diese Zeichnung zurück in die Rolle und hinein in seinen Rucksack.
Man durfte ja mitnehmen, was einem gefiel, hatte der Herr Bürgermeister gesagt. Und diese Frau gefiel Jakob! Außerdem könnte er damit bei seinen Freunden punkten, dessen war er sich sicher. Er legte die anderen Rollen zurück ins Regal und stellte die seltsamen Bücher wieder davor. Dann verließ er das Zimmer.
Inzwischen war die Mittagspause beendet, alle Semmeln verdrückt und der Herr Bürgermeister nach Hause gegangen. Er wohnte nicht weit vom Hotel Blauensteiner. Zuvor hatte er den Einsatz der Truppe noch gebührend gelobt und versprochen, auch bei den nächsten Einsätzen für eine Leberkäs-Jause zu sorgen. Und von diesen Einsätzen würde es noch einige geben!
Alle begannen von neuem mit dem Abmontieren, Aufstapeln, Zusammentragen, Wegräumen …! Auch in der Bibliothek wurde Ordnung gemacht. Alte, geflochtene Wäschekörbe aus der unteren Etage wurden nach oben getragen und mit unzähligen Zeitungen und Büchern befüllt. Die überaus schweren Körbe mussten dann zu zweit zur Mulde getragen werden. Sie hatten ein ordentliches Gewicht! Die meisten der Bücher rochen gar nicht mehr gut und zeigten Spuren von gefräßigen Mäusen. Viele Bücher waren in

Kurrentschrift verfasst. Bertl versuchte gerade, das eine oder andere Wort davon zu entziffern. Als er noch in die Volksschule gegangen war, musste man diese Buchstaben im Fach „Schönschreiben" erlernen.

Ronny, der Pfadfinderführer, riss ihn jedoch jäh aus seinen konzentrierten Bemühungen: „Schau dir die einmal an, Bertl! Sollen wir die wirklich zum Mist schmeißen?" Er hielt Bertl vier Rollen hin.

Kurze Zeit später saß Bertl auf exakt dem selben Sessel, den Jakob benutzt hatte und betrachtete die Zeichnungen. Jakob wurde nervös. Jedes Mal, wenn er mit einem Stapel Bücher an Bertl vorbeikam, versuchte er, sich dahinter zu verstecken. Bertl musste ja nicht unbedingt erfahren, dass die schönste Zeichnung nicht mehr dabei war. „Weißt du was, Ronny? Ich nehm die mit und zeig sie dem Obmann vom Museumsverein. Der ist Kunstexperte und kennt sich sicherlich mit so etwas aus!", hörte Jakob Bertl sagen, als er einen extra hohen Bücherstapel möglichst lässig Richtung Wäschekorb balancierte.

Kapitel 6:

Der Leberkäse duftet

Ein vertrauliches Gespräch im Vorgarten

Es war bereits der fünfte Samstag in Folge, an dem die BAT und Co. im Terrassen-Cafe auf Einsatz waren. Wenn alles gut ginge, würde das Haupthaus heute besenrein werden. Na ja, fast! Dann wäre zumindest für die Pfadfinder der Einsatz beendet. Um das grausliche Kellergewölbe, das rechts vom Haupthaus lag und aus dem es schon beim Vorbeigehen ziemlich modrig herausroch, würde sich die BAT allein kümmern. Das dort gelagerte Klumpert war zu schwer und zu klobig für die „Späher". Das war zumindest die offizielle Version!

Wieder saßen sie alle im Vorgarten bei ihrem Leberkäse, als Herr Professor Ehrentaler um die Ecke bog. Er hielt suchend nach den Arbeitern Ausschau, die er trotz Brille nicht sofort entdeckte, weil sie von den Mulden verdeckt und auch nicht zu hören waren. Ihre hungrigen „Mäuler" waren mit Leberkäs-Semmeln beschäftigt. Da gab es nichts zu plaudern! Dabei hätte der Herr Professor doch nur dem Duft des Leberkäses folgen müssen!

Der Herr Professor war der Obmann des Museumsvereins und ein sehr ruhiger und bedachter

Mensch. Er sah mit seiner Brille wie ein Gelehrter aus. Einer, der aus einer anderen Zeit stammte! Er grüßte freundlich in die Runde und lehnte die angebotene Semmel mit einer Handbewegung ab. Er wirkte heute etwas aufgebracht und bat Bertl um ein Gespräch. Dafür wollte er ihn von der schmatzenden Schar wegholen. Bertl legte seine angebissene Semmel etwas missmutig auf einem Baumstumpf ab und folgte dem Herrn Professor in den hinteren Teil des Obstgartens. „Ich habe die Zeichnungen einem mir bekannten, privaten Kunstsachverständigen in Wien gezeigt," ging der Herr Professor sofort in medias res. „Anschließend habe ich sie auch noch im Dorotheum begutachten lassen. Halt dich fest, Bertl! Es sind mit allerhöchster Wahrscheinlichkeit tatsächlich Skizzen des jungen Friedensreich Hundertwasser!"

Bevor Bertl reagieren konnte, sprach der sonst eher wortkarge Herr Professor schon weiter. „Es passt alles zusammen! Fritz Stowasser war nachweislich im September 1945 mit seiner Mutter in der Pension Schuster einquartiert. Die Datierung passt also! Und ich habe auch beim Seniorenbund-Treffen nachgefragt, ob sich wer von den Älteren noch daran erinnerte.

Auch das passt! Einer der sehr betagten Herren hat mir sehr detailliert erzählt, wie sie dem „Stowi" – so nannten ihn die Garser Lausbuben

damals – seinen Malbecher ausgeschüttet haben, in der Taborgasse.
Was mich allerdings stutzig macht, das ist die Tatsache, dass diese Werke hier im Terrassen-Cafe deponiert waren. Er hat nie hier genächtigt, weil das Haus erst 1948 wieder eröffnet worden ist. Das habe ich überprüft. Und der ehemalige ‚Lausbub' vom Seniorenverein hat hoch und heilig versprochen, dass sie ihm nie ein Bild weggenommen oder gestohlen hätten. Hm, das ist doch seltsam, nicht wahr, Bertl?"
Bertl wollte antworten, kam aber nicht dazu. Der Herr Professor schien heute in seinem Element zu sein: „Das zweite Seltsame ist, dass diese Rollen alle am Boden nummeriert sind. Wir haben die Nummern 1, 2, 4 und 6 gefunden! Das heißt: IHR habt sie natürlich gefunden. Es schaut so aus, als fehlten die Rollen 3 und 5. Das erscheint mir ziemlich logisch und sicher! Es könnten aber durchaus auch noch mehr Skizzen gewesen sein. 7, 10, 20 …", kam der Herr Professor ins Schwärmen. „Aber das wissen wir natürlich nicht!", kam er wieder zurück auf den Boden der Realität. „Könnte es sein, Bertl", seine Stimme klang jetzt besorgt, „dass ihr diese irrtümlich schon entsorgt habt?"
Dem Herrn Professor schien die Angst vor Bertls Antwort ins Gesicht geschrieben. Seine Brille war ihm vom vielen Reden und gestenreichen

Erklären schon so weit Richtung Nasenlöcher gerutscht, dass er Bertl über den Rand derselben fragend, fast flehentlich, ansah.
„Da müssen wir den Ronny fragen!“, wusste Bertl Rat, „der hat schließlich die Rollen gefunden und weiß vielleicht noch, ob es mehrere waren.“
Ronny wurde gerufen. Er drückte Bertl seine halbe Leberkäs-Semmel in die Hand: „Sonst fressens die Ameisen ganz auf.“
Ronny war sich ganz sicher, dass er nur vier Rollen gefunden hatte. „Was ist denn sowas wert?“, wollte er vom Herrn Professor wissen. „So genau kann man das noch nicht sagen! Wenn man sie eventuell versteigerte, könnte ich mir durchaus vorstellen, dass da schon eine fünfstellige Summe geboten würde.“
Ronny war beeindruckt und Bertl pfiff durch die Zähne. Seine kalte Leberkäs-Semmel samt einer einzelnen Ameise hatte er bereits hinter den Brombeersträuchern versenkt.
Keine zwei Minuten später trommelte er seine Leute zusammen. Der Herr Professor erläuterte die Sachlage und wollte von ihnen wissen, ob jemand eine Rolle mit einer Zahl drauf zum Gerümpel in einen Wäschekorb gelegt hätte. Oder ob jemand eine solche eingesteckt hätte. Alle schauten verwundert.
Auch Jakob!

„Ich werde das mit Herrn Bürgermeister Geier besprechen. So lange bleiben die Rollen in meiner Obhut!“, verabschiedete sich der Herr Professor und Jakob war froh, dass das Arbeiten weiterging.
Dabei dachte er angestrengt nach. Er musste jetzt besonders vorsichtig sein, das war ihm klar. Nach dieser komischen Fragerei war es auch nicht klug, die Zeichnung seinen Freunden unter die Nase zu halten. Und in seinem Zimmer würde er sie auch nicht sicher verstecken können. Wenn seine Mama die Rolle fände, puh, da wäre er ordentlich in Erklärungsnot! Aber wohin damit? Jetzt, wo sich sogar der Obmann des Museumsvereins so intensiv dafür interessierte! Es müsste ein Ort sein, wo wenige Leute hinkamen, der aber für ihn leicht zu erreichen war.
Als er zum x-ten Mal von der Mulde zurück ins Hotel trabte, fiel sein Blick gedankenverloren über den Hang hinter dem Terrassen-Cafe hinauf zur Babenberger-Burg. Plötzlich hatte er eine Idee!

Kapitel 7:

Das perfekte Versteck ist gefunden

Auf leisen Sohlen im Burggraben

Jakobs Mutter wunderte sich, dass ihr Sohn, den sie sonntags meist erst zum Mittagessen aus seinem Bett brachte, heute freiwillig mit dem Hund Gassi gehen wollte.

„Vielleicht hat er ein Rendezvous!“, spöttelte sein Vater augenzwinkernd seiner Mutter zu. „Mit 13?“, antwortete diese ungläubig, dennoch mit großen Augen.

Jakob war zu diesem Zeitpunkt bereits im Vorhaus, hatte Jacke und Rucksack geschultert und leinte Arno, den alten, treuherzigen Beagle, an. So sichtbar sich der schwanzwedelnde Arno auf den morgendlichen Spaziergang gefreut hatte, so stressig wurde dessen Verlauf. An keiner Mauerecke ließ ihn Jakob schnüffeln, keinen Baum markieren. Jakob zog und zog unerbittlich an der Leine. Nachdem sie die mehr als 220 Stufen in einem Höllentempo auf den Schlossberg hinaufgejagt waren, brauchte selbst der sportliche Jakob eine kleine Verschnaufpause, oben bei der Kreuzigungsgruppe. Links davon ging es in den Friedhof, aber Jakob bog rechts in den Burggraben ein. Dort kannte Jakob eine Mauernische, die das perfekte Versteck für seine Rolle sein würde. Schon

vor mehr als zwei Jahren hatte er dort mit einem Freund Zigaretten versteckt. Da sein Freund nach der Trennung seiner Eltern weggezogen war, ging von ihm keinerlei Gefahr mehr aus. Nur er, Jakob, kannte diese Nische! Die Öffnung lag etwas erhöht in der alten Steinmauer und war gut geschützt vor Regen. Ein idealer Platz, auch für Papier! Mit der einen Hand fischte Jakob die Zigarettenschachtel aus der Nische und dachte kurz daran, sie einzustecken. Aber die Zigaretten sahen schon unbrauchbar aus. Als er sie in hohem Bogen ins Gebüsch schmiss, zog Arno kräftig an der Leine, die Jakob in der anderen Hand hielt. Der Hund hätte das Ding gern apportiert! Anschließend putzte Jakob den feinen Kies aus dem waagrechten Loch, schob die Rolle hinein und verschloss die Öffnung mit einem passenden Stein. Großartig unauffällig sah die Stelle aus! Er hatte sie gut getarnt! Kein Mensch würde hier seine Nackte finden! Das dachte jedenfalls Jakob. Nach Vollendung seiner geheimen Mission durfte endlich auch Arno seine Mission vollenden. Ein „Sackerl fürs Gackerl" brauchte es hier nicht. Niemand von den Burg- oder Friedhofsbesuchern kam auf die Idee, die Ruine auf diesem verwachsenen Weg zu umrunden. Das dachte jedenfalls Jakob.
„Es gibt schon komische Leut", ging es dem Sandler durch seinen Kopf, der sich heute als extremer

Brummschädel entpuppte. Er hatte gestern zu viel „getankt", unten im Gasthaus Falk. Das war das am nähesten gelegene Gasthaus am Fuße des Schlossbergs, wenn der Klackl oben am Berg geschlossen hatte. WIE er die Stufen bis zum Friedhof hinauf erklommen hatte, war seinem Gedächtnis entschwunden. Bis zu seinem Container hatte er es allerdings nicht mehr geschafft, sonst wäre er heute in der Früh nicht im nassen, hohen Gras wach geworden, als das Bürschchen und der Hund aufgetaucht waren.

Mit einem leichten Zittern - ob von der Kälte oder vom „Tanken", das war nicht ganz klar - friemelte er das Blatt Papier aus der Rolle und war gleich darauf ein bisschen enttäuscht. Er konnte nicht verstehen, warum man so einen Aufwand für eine Zeichnung betrieb. Er hatte Schmuck oder Geld erwartet. Beides hätte er natürlich sofort zur Polizei getragen. Er schüttelte ungläubig den Kopf, der mit einem gehörigen Brummen antwortete. Schließlich steckte er die Zeichnung in seine verbeulte Hosentasche.

Sie sah ja wirklich sexy aus. Und SO alt, als dass ihn das gar nicht mehr interessieren würde, war er schließlich auch noch nicht. Die Rolle verschloss er wieder und steckte sie fein säuberlich zurück in die Nische.

„Der junge Tutter wird sich wundern, wo seine Nackerte hingekommen ist!", lachte er sich

schadenfroh ins Fäustchen und bahnte sich seinen Weg durchs hohe Gras Richtung Container auf der anderen Seite der Burg.
Dort angekommen, löste er die Sicherheitsnadel, die bis dahin seinen Knopf am Hosenbund ersetzt hatte, und befestigte damit die Zeichnung am Rand eines Holzregals über seinem Ofen. So konnte er die Schöne von seiner Holzpritsche aus gut betrachten. Sie würde ihm sicher beim Einschlafen helfen!

Kapitel 8:

Sex in the town

Ein paar Tränen in der Kamptalbahn

Das letzte Mal Sex hatten sie nun schon vor mehr als zwei Monaten gehabt. Nur ungern dachte sie an das abrupte Ende im Burggraben. Seither war Funkstille! Man wollte Gras über die Sache wachsen lassen und nichts riskieren.
Aber gestern, gestern hatte er ihr eine verheißungsvolle Nachricht geschickt: „Morgen Nachmittag, 14 Uhr, Krems, Tageszimmer 25". Sie wusste, welches Hotel er meinte. Und es war ihr klar, dass diese Nachricht wie ein geschäftlicher Termin klingen musste. Man konnte ja nie wissen! Es war ihr auch klar, dass sie sich in nächster Zeit tagsüber treffen müssten. Eine Übernachtung in der Wohnung ihrer Freundin wäre absolut undenkbar gewesen. Und er musste am Abend immer noch zurück nach Wien, um seine Frau nicht unnötig zu reizen vor der Scheidung. Wer weiß, welche Ansprüche diese Tussi sonst geltend machen würde bei der Scheidung, hatte er ihr schon vor einiger Zeit am Telefon erklärt. Sie hatte verstanden!
Sie freute sich auf ihn. Sie war ausgehungert. Sie zog ihr rotes Designer-Kostüm an, darüber den schwarzen Ledermantel, darunter einen

schwarzen Body. Sie wollte sexy aussehen. Ihre High-Heels passten farblich zum Kostüm, ihre Handtasche auch. Sie hatte sich lange im Spiegel betrachtet und war zu dem Schluss gekommen, dass sie noch immer eine äußerst attraktive Frau war - wenn auch bald fünfzig.
Der Weg von der Kamegger Wohnung zum Bahnhof Gars-Thunau war in den unbequemen Schuhen allerdings eine Herausforderung. Als sie in den Zug Richtung Krems einstieg, hatte sie schon beschlossen, sich vom Bahnhof Krems zum Hotel ein Taxi zu nehmen.

Im Zug wimmelte es von Jugendlichen, die alle von der Schule nach Hause fuhren. Es war laut und unbequem. Und der Teenager, der sich, ohne zu fragen, neben sie gesetzt hatte, roch grauenhaft nach Schweiß.
All das machte ihr aber gar nichts aus. Sie dachte an die schönen Stunden, die sie erwarteten.

Eine Stunde später wartete sie voll Vorfreude im Tageszimmer 25.
Unbändig und gierig waren sie - ohne auch nur ein einziges Wort zu wechseln - übereinander hergefallen. Danach musste sie erschöpft kurz eingenickt sein. Als sie wieder erwachte, war sie allein.

„Zimmer bis 18 Uhr bezahlt, musste dringend weg, CU!“
Mehr stand nicht auf der Notiz, die sie auf dem Badezimmerregal vorfand. Ihr war sofort zum Heulen zumute. Aber sie unterdrückte ihre Tränen und wusch sich das Gesicht mit eiskaltem Wasser. Sie wusste, dass sie auf der Heimfahrt im Zug vermutlich einige Tagespendler aus dem Kamptal, auch aus Gars, treffen würde. Ein verheultes Gesicht wäre Öl für das Feuer der Tratschereien.
Sie duschte ausgiebig und dachte dabei an die „Details“ ihrer gemeinsamen Zukunft. Die hätte sie gern mit ihm „danach“ besprochen. Wieder kämpfte sie gegen ihre Tränen an. Sie konnte und wollte ihrer Freundin nicht noch weitere, lange Monate zur Last fallen. Es gab ohnehin manchmal schon kleinere Anstöße für Differenzen. Wie das eben so war, wenn man sich auf engstem Raum arrangieren musste und dieses Zusammenleben nicht gewohnt war.
Sie trocknete sich ab und betrachtete sich im Spiegel.
„Du musst eben noch ein wenig Geduld haben!“, redete sie auf ihr Spiegelbild ein, „wenn die Scheidungen abgehandelt sind, wird alles besser, alles entspannter werden!“ Sie holte ihre Schminksachen aus der Handtasche und legte ihr

Make-Up auf. Heute etwas mehr als üblich. Kurz darauf bestellte sie ein Taxi zum Bahnhof Krems.

Der Zug ratterte gemächlich durch das bereits golden verfärbte Kamptal. Die Bahntrasse war nicht mehr die beste. Dahinschleichen auf der kurvigen Trassenführung daher vorprogrammiert.
Schon vor Jahrzehnten war hier der „Busserlzug" gefahren, der scharenweise nicht nur die Sommerfrischler zur Kur nach Gars transportiert hatte, sondern auch viele Wiener, die am Wochenende zu Besuch zu ihren kurenden Partnern gekommen waren. Am Bahnhof Gars-Thunau wurden dabei unendlich viele Busserln ausgetauscht.
Bedächtig langsam kroch der Zug von Hadersdorf nach Langenlois, Schönberg, Stiefern und Plank. Die Bahnlinie schlängelte sich streckenweise am linken Kamp-Ufer flussaufwärts, streckenweise zwischen rechtem Kamp-Ufer und Radweg durch die naturbelassene, eindrucksvolle Flusslandschaft. Da sah man Schafherden auf den angrenzenden Wiesen und Kühe, die den Kamp als Tränke nutzten. Esel und Pferde weideten in Sichtweite und auch der Biber hatte deutliche Spuren an den Kamp-Weiden hinterlassen. Einige hartgesottene Radfahrer trotzten sogar jetzt noch den kühleren Temperaturen, allerdings

fest vermummt und in langen Hosen, Jacken und Handschuhen.
Sie selbst war dabei gewesen, als das Konzept dieses „Familienradweges“ durch das Kamptal erstellt wurde. Und er wurde tatsächlich stark frequentiert.
Sie aber war es langsam leid, diesbezügliche Beschwerden, die immer auf IHREM Schreibtisch im Gemeindeamt landeten, zu entkräftigen. „Der Weg ist nicht durchgehend asphaltiert und daher für Rennräder nicht geeignet! Eine Katastrophe, weil man auf die stark befahrene Bundesstraße ausweichen muss!“, hieß es da. Oder: „Für Kinder ist dieser Radweg wegen der vielen Steigungen unmöglich zu befahren!“ Oder: „Wer wartet eigentlich diesen holprigen Weg, der aus mehr Schlaglöchern als ebenen Streckenteilen besteht?“ Mit all diesen unangenehmen Stellungnahmen hatte sie sich beschäftigen müssen.
Aber auch diese mühevolle Arbeit würde schon bald jemand anderer erledigen müssen. Sie würde ihr Gemeinderatsmandat sofort zurücklegen, sobald sie ihre Tätigkeit als Managerin des Ärztezentrums aufgenommen hätte. Sie versuchte sich darauf zu freuen – auf das neue Betätigungsfeld, auf ihr offizielles Zusammenleben und Zusammenarbeiten! Auf eine insgesamt glücklichere Zukunft!

Das Freuen wollte und wollte sich aber nicht einstellen! Obwohl es langsam dämmerte, musste sie abermals von ihrer tarnenden Sonnenbrille Gebrauch machen, als sie am Bahnhof Gars-Thunau aus dem Zug stieg. Kein Busserl würde sie hier erwarten!

Ihr Telefon klingelte auf dem kurzen Weg zu ihrem vorübergehenden Zuhause. Sie kramte es erwartungsvoll aus ihrer Handtasche, aber es war nur der Bürgermeister. Er bat sie, am folgenden Samstag den Jausen-Dienst im Blauensteiner zu übernehmen. Er selbst hätte leider keine Zeit, weil er mit seiner Familie ein Thermenwochenende irgendwo in der Steiermark gebucht hatte. „Natürlich übernehme ich das gerne!", hatte sie automatisch geantwortet. „Schönes Wochenende", wollte sie noch sagen, aber da hatte er schon aufgelegt.

Sie trottete einsam den schmalen Weg entlang. Ihre Schuhe drückten. Ihr Kopf brummte. Ihr Herz pochte. „Wie lange werde ICH wohl noch auf so ein Wochenende warten müssen?", schoss es ihr plötzlich durch den Kopf. Und schon war es mit ihrer Fassung vorbei. Die Sonnenbrille konnte ihre Tränen nicht mehr wegtäuschen!

Kapitel 9:

Der Sandler weiß alles

Zwei Burschen auf der Friedhofsbank

„Na bravo!“, dachte Jakob. Er hatte die Post aus dem Briefkasten geholt, als ihm die Titelseite der „Bezirkszeitung“ ins Auge fiel. „Sensationeller Fund in Garser Hotel!“, war da als Schlagzeile zu lesen. Und darunter ein Foto des Terrassen-Cafes Blauensteiner mit dem Untertitel „Hundertwasser-Skizzen mehr als 100.000 Euro wert?“ Hatte der Herr Professor nicht von einem fünfstelligen Betrag gesprochen? Jakob wusste das nicht mehr ganz genau. Auf alle Fälle wurde ihm augenblicklich ziemlich heiß. Das hieß nämlich, dass SEINE Rolle womöglich 20.000 Euro wert wäre! Und jetzt lag das teure Stück in einer Mauernische!

Was hatte er eigentlich jetzt damit vor? Die Idee, sie seinen Freunden zu zeigen war nach dieser Schlagzeile gestorben. Selbst zu Geld machen konnte er sie ohne fremde Hilfe nicht. Und er kannte niemanden, der ihm dabei helfen könnte. Und eigentlich plagte ihn sein schlechtes Gewissen auch zusehends mehr. Schon seit der Befragung im Vorgarten des Blauensteiners. Was sollte er tun?

Seit er die Rolle versteckt hatte, war er nicht mehr zur Burg hinaufgegangen. Er hatte Angst, dass

ihn jemand fragen könnte, was er denn im Dickicht des Burggrabens zu suchen hätte. Der Teufel schläft ja bekanntlich nicht!
Sollte er das Bild einfach da oben liegen lassen? So etwas Wertvolles womöglich doch vermodern lassen? Sollte er die ganze Sache einfach vergessen? War das jetzt eigentlich ein Diebstahl? Sollte er jemanden um Rat fragen? Aber wen? Wer würde sein Geheimnis bewahren? Oder vielleicht das Bild zu den anderen bringen können? Jakob dachte angestrengt nach! Seine Eltern? - Nein! Der Herr Professor? - Nein! Ihm fiel nur ein einziger Vertrauensmann ein …
Schon eine Stunde später saß er mit Bertl auf der Parkbank bei der Floriani-Statue am Eingang zum Nordturm der Burgruine.
Bertl hatte sich nur ein paarmal die Haare gerauft und seine Brille auf und ab geschoben. Er hatte sich die ganze Geschichte angehört, ihn danach streng angeschaut und den Kopf geschüttelt. „Du bist ein Pfadfinder, Jakob!“, war das Einzige, das er gesagt hatte. Wirklich geschimpft hatte er nicht.
Nach einer kurzen Nachdenkpause hatte er nur mit beiden Händen demonstrativ auf seine Schenkel geklopft und gesagt: „Na, dann holen wir den Hundertwasser jetzt ab!“
Die Nische war schnell gefunden, die Rolle auch. Aber sie war … leer! Schockiert starrte Jakob von

der Rolle zu Bertl. Panik stieg in ihm auf. Bertl zog die Augenbrauen nach oben und fragte streng: „Und wie erklärst du dir das?“ Er hielt Jakob die leere Rolle unter die Nase.
„Ich ..., ich hab ..., ich weiß nicht ...!“ Schon bahnten sich Tränen über das Gesicht des sonst so coolen Jakobs.
„Jakob!“, fragte Bertl diesmal noch eindringlicher nach, „war das sicherlich NUR DIESE EINE ROLLE, die du da im Burggraben versteckt hast?“
Verweinte Augen nickten zurück: „Ich schwörs! Nur diese! Ich hab keine Ahnung! Ich schwörs!“, schluchzte Jakob.
Und nun saßen sie wieder auf der Parkbank und es war guter Rat teuer. Bertl klopfte – die leere Rolle in seiner linken Hand – permanent damit auf seine rechte Handfläche.
Eine ganze Weile beratschlagten sie darüber, ob sie das Ganze als IHR Geheimnis ruhen lassen sollten. Bertl wollte Jakob nicht als Kunstdieb ausgeliefert sehen. Damit ungeschoren davonkommen lassen wollte er ihn aber auch nicht. „Eigentlich sollten wir den Obmann des Museumsvereins, den Herrn Professor, davon informieren“, warf Bertl ein, „der sucht nämlich nach wie vor nach mindestens ZWEI vermissten Zeichnungen.“ Jakob sah ihn flehend an. Bertl klopfte und klopfte ...

Schon von weitem sahen sie den Sandler den Schlossberg heraufwackeln. Er schob sein Fahrrad, das er einer erst kürzlich durchgeführten Sperrmüll-Sammlung verdankte, langsam Richtung Bergkuppe. Man konnte nicht eindeutig feststellen, ob ER sein Fahrrad führte, oder ob das Fahrrad IHM Halt gab. Auf alle Fälle drohten beide jeden Moment das Gleichgewicht zu verlieren.
„Wir könnten doch den Sandler fragen!“, kam es Bertl in den Sinn, „vielleicht hat der irgendwen im Burggraben gesehen!“ Das Klopfen war sofort beendet. Jakob nickte kraftlos.
Noch bevor sie sich von der Bank erhoben hatten, hatte der Sandler - erstaunlicherweise ohne jeden Sturz - bereits die Anhöhe erreicht. Er warf ihnen aus geröteten Augen einen vielsagenden Blick zu, schmunzelte dann und lallte: „Seids ihr zwa so traurig, weil euch die Nackerte abgeht?“
Wie vom Blitz getroffen, ließ Bertl die Rolle fallen. Jakob hob sie auf und schaute den Sandler erwartungsvoll an. Sie hatten eine heiße Spur gefunden!
Sie mussten ihr Gegenüber erst gar nicht zum Plaudern animieren, denn der Sandler legte ganz von allein los: „I hob des Bürscherl da gsehn, wie er de Nackerte da hinten versteckt hat.“ Er deutete Richtung Burggraben.

„Des hat mi interessiert, was so a Halbstarker für Geheimnisse hat." Er deutete herausfordernd auf Jakob.
„Des Bildl hat mir a gfalln, also hab ichs mitgnommen in mei Wohnzimmer." Er deutete Richtung Container.
„War ja echt a haße Braut drauf! Gell, Kleiner?"
Jakob reagierte nicht. Er schämte sich zutiefst. Außerdem machte es keinen Sinn, sich jetzt provozieren zu lassen. Es ging um mehr!
„Aber dann is der haßn Braut noch haßer wordn als mir!", lachte er sein zahnloses Lächeln.
Bertl und Jakob tauschten einen verständnislosen Blick. Aber da redete der Sandler schon weiter: „Wissts Burschen, jetzt is jo scho a bisserl kühl am Abend, und weil i ka Zeitung mehr ghabt hab zum Unterzünden in mein Oferl, hat die Nackerte herhalten müssn!"
Entsetzen machte sich in den Gesichtern der Pfadfinder breit.
„Ja, so war des, Burschen! Seids net zu sehr traurig deswegn, es gibt ja gnua andere schöne Weiba! Pfiat eng!", und schon war er links in den Burggraben abgebogen. Er ließ sein Fahrrad ins hohe Gras fallen und torkelte – gefährlich haltlos – weiter.
Es dauerte ein paar lange Sekunden, bis sich beide aus der Schockstarre gelöst hatten. „So eine schöne Scheiße!", bemerkte Bertl ungehalten,

klopfte ein letztes Mal mit der Rolle gegen seinen Oberschenkel und schoss sie dann weit in die dicht stehenden Akazienbäume. Das sollte wohl bedeuten, dass die Geschichte um Rolle Nummer 3 IHR Geheimnis bliebe.

Kapitel 10:

Die Schöne schweigt beharrlich

Die unterste Lade der Kommode

Auch Oma Gramperl hatte die „Bezirkszeitung“ im Aufenthaltsraum des Stephansheims entdeckt und sie kurzerhand auf ihr Zimmer mitgenommen. Die Titelseite hatte spannend ausgesehen und versprach einiges.

Nun, nachdem sie Schmuck und Weste abgelegt hatte, machte sie es sich im Lehnstuhl bequem und begann zu lesen. Die Redakteurin der Zeitung mutmaßte, dass man „sehr wahrscheinlich“ vier wertvolle Aktzeichnungen des jungen Friedensreich Hundertwasser in Gars entdeckt hatte. Oma lächelte.

Sie hatte ihn ein paarmal auf der Kampbrücke gesehen, sitzend und vertieft in ein Blatt Papier. An jenem Morgen war ihre Neugierde zu groß geworden und sie hatte ihn direkt angesprochen: „Darf ich sehen, was Sie da malen?“

„Ich male nicht, ich zeichne!“

„Natürlich!“

Er drehte die Skizze ein wenig in ihre Richtung. Nicht, weil er Lob heischen, sondern diese Neugierige möglichst rasch wieder loswerden wollte. „Hmmm! Das ist eine wirklich gelungene Zeichnung. Aber Sie sollten das Terrassen-Cafe Blauensteiner hier, unten rechts, dazu zeichnen. Das

würde gut zu diesem Blickwinkel passen!", fachsimpelte sie.
„Aber FÜR MICH passt es NICHT dazu! Meine Mutter hat genau dasselbe wie Sie gesagt."
„Sehen Sie, da hat Ihre Frau Mutter recht gehabt!"
Ein gereizter Blick aus buschigen Augenbrauen war die Antwort. Dann eine kurze Stille. Er hatte gehofft, dass sie gehen würde. Als sie keinerlei Anstalten machte zu gehen, meinte er verärgert: „Sagen Sie, wieso mischen Sie sich eigentlich in meine privaten Angelegenheiten ein? Ich hocke Tag für Tag hier in diesem Dorf und male und zeichne. ICH versuche, niemanden zu stören. Aber wie man sieht, stören einem nicht nur die Dorfjungen bei der Arbeit!"
Er schmiss ihr einen spöttischen Blick zu, um gleich darauf weiterzureden:
„Und ich male und zeichne … Landschaften!" Es hatte irgendwie abwertend geklungen. Mit einem Anflug von Resignation setzte er fort: „Ich befasse mich mit Landschaften, weil es hier nichts anderes zu zeichnen gibt!"
„Was würden Sie denn lieber malen als Landschaften?" Die Frage war ihr einfach rausgerutscht.
„Ehrliche Antwort?"
„Ehrliche Antwort!"
„Ich würde so gern einmal das Akt-Zeichnen probieren! Aber meine Mutter befürwortet das

nicht." Er rollte mit seinen großen Augen und hob die Schultern. Sie lachte: „Und Sie müssen Ihrer Frau Mama wirklich alles erzählen?"
Kurz war es völlig still, irgendwie peinlich still. Dann aber bemaß er sie von oben bis unten mit den Augen eines Künstlers und eines Mannes, der seine Chance witterte: „Wie? Sie meinen, Sie würden ...?"
„Es wäre ja für die Kunst, nicht wahr?"
„Natürlich, selbstverständlich!" Er klang fast ein wenig verlegen.
Und so kam es, dass gegen Ende derselben Woche der junge Mann die Taborgasse hinaufschlich und durch die Hintertür ins Terrassen-Cafe huschte. Im Bügelzimmer ließ die junge Frau Elisabeth ziemlich ungeniert ihre Hüllen fallen und er begann zu zeichnen …

Oma erwachte schmunzelnd aus ihren Erinnerungen und legte die Zeitung auf die Kommode. Sie nahm das gerahmte Familienfoto zur Hand, das sie zu ihrem 95. Geburtstag gemacht hatten. Vier Generationen waren darauf abgebildet. Sie mochte dieses Bild, betrachtete es lange und stellte es dann an seinen Platz zurück.
Bedächtig zog sie die unterste Lade der Kommode auf und kramte eine Rolle hervor, öffnete sie und fingerte vorsichtig das Blatt heraus. Vor über siebzig Jahren war diese Zeichnung

entstanden und die Frau darauf hatte kaum noch Ähnlichkeit mit der Uroma auf dem Familienfoto. „Was war ich doch für eine schöne Frau, damals!“, strich Oma zärtlich über das Blatt, steckte es aber schnell wieder zurück in die Rolle Nummer 5. Jeden Moment könnte der Kaffee serviert werden.

Kapitel 11:

Falco lässt grüßen

Eine kleine Party im Kellergewölbe

Zu den verstaubten Haaren, verklebten Augenwimpern und grauen Augenbrauen kamen zunehmend schwerer werdende Lehmklumpen-Stiefel oder -Schuhe dazu. Die BAT arbeitete sich wortkarg durch den Erdkeller neben dem Hauptgebäude des Terrassen-Cafes. Sie hatten ein Weilchen gebraucht, bis sich ihre Augen an die Dunkelheit gewohnt hatten. Die einzige Lichtquelle war der aus Stein gemauerte, gewölbte Eingang, dessen Tor bereits aus den rostigen Ankern gefallen war, sodass die beiden Türblätter wohl schon seit geraumer Zeit vor dem Kellergewölbe dahinmoderten. Je weiter sie sich in den hinteren Teil vorarbeiteten, desto düsterer und staubiger wurde es. Da half nur noch die spärliche Taschenlampen-Funktion des Handys. An funktionstüchtige, starke Taschenlampen hatte leider keiner gedacht.

Wie abgemacht, waren sie diesmal nur zu dritt. Der wahre Grund für das „Ausladen“ der Pfadis war nämlich nicht die Schwere der Arbeit gewesen, sondern der Wunsch der Zenk-Buam, das große Blauensteiner-Ausmist-Finale nur unter

Erwachsenen im „Goldenen Hirschen“ zu begießen. Und so gruben sich ausschließlich reifere Herren durch diese verdreckte Moderhöhle. Alte, uralte Waffenräder kamen da zum Vorschein, die noch echte, formschön geschwungene Lenkstangen mit Bremsbügeln und ebenso formschöne Ledersättel hatten! Oder zumindest das, was davon noch übrig war. Teile von Messingbetten blitzten vom hintersten Teil des Kellers hervor, als sie der schwache Handy-Lichtstrahl traf. Ein mannhoher Stapel löchriger Matratzen türmte sich davor. An vielen Stellen hatten die Mäuse schon ganze Arbeit geleistet. Eine alte Regentonne – gefüllt mit Kübeln hart gewordener Farbe, daneben steinharte Mörtelsäcke, Gartengeräte …! Alles Mögliche wartete hier auf den Abtransport!
Nur ein paar Fledermäuse warteten nicht, sondern hatten sich schleunigst selbst aus dem Staub gemacht, als sie in ihrer Tagruhe zunächst von einem Lichtstrahl und dann empfindlich vom Besenstiel eines Zenk-Buams gestört wurden.
„Da fliegen unsere Maskottchen!“, hatte er ihnen noch nachgerufen.
„Pass lieber auf, dass du nicht gleich wohin fliegst!“, grantelte sein Bruder, der soeben beinahe über einen Rechen gestolpert wäre.
Sie hatten schon fast die lehmige Rückwand erreicht, als plötzlich einer der Zwillinge hinter

dem Matratzen-Turm hervorlugte und sich nachdenklich seinen Rauschebart kraulte, was dazu führte, dass noch mehr Staubteilchen im Lichtstrahl tanzten und die Sicht dadurch nicht besser wurde.

„Was ist denn?“, fragte sein Bruder ungeduldig. Er ging ein paar Schritte auf seinen Bruder zu und vollführte genau die gleiche Geste.

„Schau mal, Bruderherz, was wir da haben!“, wunderte sich der eine und deutete auf eine Stelle hinter den Matratzen.

„Das schaut aber nicht nach altem Gerümpel aus! Oder gabs Energy-Drinks in Metalldosen auch schon in der Waffenradl-Ära?“, witzelte der andere.

Vor ihnen lagen drei Matratzen rund um eine Unmenge von Bier- und anderen Dosen, gemischt mit Zigarettenstummeln und seltsam anmutenden Sackerln, deren Inhalt wie eigenartige Kräuter aussah.

„Schaut aus wie Gras. Was meinst du?“ Der andere brauchte eine Zehntelsekunde, um den Sinn des Wortes „Gras“ zu erfassen, hielt das Sackerl an seine Nase und schnüffelte daran: „Ist auch Gras! Bertl, komm einmal hier her!“

Bertl pflügte sich seinen Weg durch den vom vielen Hin- und Hergehen schon ziemlich matschig gewordenen Kellerboden. Kurz darauf erleuchteten drei Handys das Szenario. Bertl brauchte ein

paar Sekunden länger als die Zwillinge, um den Inhalt des Sackerls zu identifizieren: „Na bravo! Das hat uns gerade noch gefehlt, dass wir hier ein Drogendepot ausheben!“
Tatsächlich fanden sich zwischen den aufgestapelten Matratzen noch einige vollgefüllte Sackerln. „Ich seh schon die Schlagzeile in der Bezirkszeitung: ‚Gras in Gars!‘“, versuchte einer der Zenk-Buam die doch merklich angespannte Situation zu entschärfen. Mit einem „Halts Maul!“ brachte ihn sein Bruder zum Schweigen. Bertl kommentierte das Ganze nur mit einem „Du hast schon mal bessere Witze gemacht!“
Ein paar Minuten später beratschlagte die rund um den Fund versammelte BAT: „Sollten wir nicht die Polizei anrufen?“
„Vielleicht sollten wir vorher noch den Bürgermeister kontaktieren?“
„Wir könnens auch einfach wegräumen, und basta!“
Mitten in ihren Überlegungen hörten sie von draußen eine wohlbekannte Stimme.
„Jausenzeit, Männer! Heute sogar mit Bier und Schnapserl!“, versuchte die Frau Gemeinderätin, die BAT aus ihrer Höhle zu locken. Sie hatte extra ein Flascherl Birnenschnaps am Viktualienmarkt erstanden. Gleich ganz in der Früh, weil da noch nicht so viele Leute unterwegs waren. Trotzdem

hatte sie die ihr zugedachten, verächtlichen Blicke bemerkt - meinte sie zumindest.
Nun aber wollte sie möglichst entspannt wirken: „Na kommts, ihr Wühlmäuse! Sonst muss ich den Birnenen alleine trinken!“
„Schauen Sie sich vorher bitte das da herinnen an! Da brauchen wir dann alle ein großes Stamperl!“, rief Bertl zurück.
„Muss das sein? Ich hab nicht wirklich meine Arbeitsschuhe an.“
„Ich fürchte ja!“
Sichtlich genervt stöckelte die Frau Gemeinderätin auf dem matschigen Lehmboden auf die „verstaubten“ Pensionisten zu.
Auch sie brauchte ein Weilchen, um die Szenerie zu begreifen und erfasste wohl als Einzige die Tragweite des hier Gefundenen. Ihr Blick war nämlich nicht an den Sackerln hängengeblieben, sondern an einem verdreckten, grünen Kapperl, das unbeachtet zwischen zwei Matratzen eingeklemmt war. Sie wusste, dass dieses Kapperl am Schirm eine Original-Unterschrift von Falco zierte. Sie selbst hatte ihn darum gebeten, als er in den Achtziger-Jahren in der Waldpension Mück zu Gast war. Gemeinsam mit ihrer jetzigen Busenfreundin aus Kamegg hatten sie stundenlang am Zaun gewartet, bis ihr Idol endlich aufgetaucht war, um sich im Garten der Waldpension einen passenden Liegestuhl auszusuchen. Sie

waren damals noch keine dreizehn Jahre alt, aber glühende Fans seiner Musik gewesen. Daran hatte sich bis heute nichts geändert.
Aber daran dachte sie jetzt nicht. Ihr wurde heiß und kalt zugleich. Und bevor sich die BAT noch wundern konnte, warum die Frau Gemeinderätin so gar nicht reagierte, sagte sie schnell: „Ich ruf deswegen heute noch den Bürgermeister an. Lasst das bitte vorläufig alles so liegen hier! Und jetzt schauts, dass die Leberkäs-Semmeln nicht kalt werden!“
„Aber der ist doch auf Urlaub!“, wunderte sich Bertl.
„Ein Bürgermeister muss - wenn es dringend ist - immer und überall für seine Gemeinde da sein!“, beendete sie diese unnötige Diskussion und bugsierte die BAT Richtung Kellerausgang. „Ich mach noch ein paar Fotos. Falls das überhaupt geht, hier herinnen. Die schick ich dann dem Herrn Bürgermeister gleich, damit er sieht, wie wichtig mein Anruf ist. Aber euch will ich da nicht draufhaben, also marsch!“
Während die BAT draußen Semmeln, Bier und Schnaps genossen, hob die Frau Gemeinderätin das Kapperl auf und steckte es in ihre Handtasche. Dann atmete sie tief durch und stakste zu den Jausnenden. Sie lehnte die Leberkäs-Semmel dankend ab, nahm den angebotenen Schnaps aber gerne an. Als die Flasche mit dem

Hochprozentigen zur Neige ging, verabschiedete sie sich, erstaunlicherweise ohne irgendwelche Anzeichen von Instabilität.
Sie wusste, dass sie vor dem Telefongespräch mit dem Herrn Bürgermeister noch ein anderes klärendes Gespräch führen musste. Das würde nicht einfach werden. Schon allein deshalb, weil sie dafür in die Höhle des Löwen musste.

Kapitel 12:

In der Höhle des Löwen

Blinde Wut im Kinderzimmer

Er empfing sie mit einem süffisanten Lächeln und einer Zigarette im Mundwinkel: „Holla, da hat wer Sehnsucht nach mir!" Seine Alkoholfahne war - schon jetzt, am Nachmittag - gewaltig. In dem nicht mehr ganz reinen Rippshirt und der ausgebeulten Jogginghose sah er elender aus als der Sandler. Sie konnte sich bei diesem Anblick schwer vorstellen, dass sie einmal - wenn auch nur kurz - ein glückliches Paar gewesen waren. Sie erwiderte sein Lächeln nicht, sondern fragte wortkarg: „Lucky?" Er sog langsam und genüsslich an seiner Zigarette, nahm diese aus seinem Mund und deutete damit nach oben.

Halb saß, halb lag er auf seinem Bett. Es roch nach Tuchent und Pizza. Die Bässe der HiFi-Anlage dröhnten. Er hatte sie gar nicht ins Zimmer kommen hören. In beneidenswertem Tempo tippte er mit beiden Daumen in sein Handy. Sie drehte die Anlage ab und machte das Fenster auf. Er schaute kurz auf, mit einem Blick wie aus einer anderen Welt. An ein „Hallo, Mama" war gar nicht zu denken.

Demonstrativ baute sie sich neben seinem Bett auf. Dann zog sie das Kapperl aus ihrer

Handtasche.
„Was hast du dazu zu sagen?“, herrschte sie ihn an.
„Ist wohl meine!“ Gelangweilt tippte er weiter.
„Und? Willst du gar nicht wissen, wo ich sie gefunden habe?“
„Das wirst du mir sowieso gleich sagen!“
Und dann sagte sie es ihm. Immer lautstärker wurde ihre Stimme, immer aggressiver ihre Wortwahl.
Ihren Junior ließ das völlig unbeeindruckt. Er tippte weiter. Diese Ignoranz machte sie noch rasender.
Sie brüllte ihn an.
Er zuckte nur mit den Schultern.
Sie hielt diese Provokation schwer aus.
Ihre Schimpftriade wurde immer unkontrollierter. Bis sie gänzlich ihre Fassung verlor: Sie riss ihm das Handy aus der Hand und knallte ihm eine kräftige Ohrfeige an die rechte Wange. Es war die erste, die er von ihr bekam. 16 Jahre war sie ohne erzieherische Gewalt ausgekommen. Wie angewurzelt blieb sie stehen. Es schien so, als würde sie selbst erst jetzt realisieren, was sie gerade getan hatte. Er aber warf ihr einen hasserfüllten und angewiderten Blick zu und drehte sich von ihr weg. Er zog die Bettdecke über seinen Kopf. Sie war derart verwirrt, dass sie einfach aus seinem Zimmer ging. Draußen vor der

Kinderzimmertür wurde ihr plötzlich bewusst, dass sie ihren Sohn nun wohl endgültig verloren hatte.
Im unteren Geschoß lehnte ihr „Demnächst-Ex-Mann" im Türrahmen der Küchentür und klatschte demonstrativ langsam in die Hände: „Bravo, bravo! Das hast du ja toll hingekriegt."
Sie ignorierte seine Bemerkung und verließ das Haus. Draußen holte sie tief Luft und ein Taschentuch aus ihrer Handtasche.
Sie nahm den schmalen Weg am Ende der Villengasse Richtung Kamegg. Hier zwischen Felswand und Fluss konnte sie ungeniert weinen. Kaum jemand benutzte diesen Pfad um diese Tageszeit. Wirre Gedanken quälten sie. Was war nur schiefgelaufen in den vergangenen Jahren? Warum war ihre Ehe so rasch zu einem Fiasko geworden? Warum war ihr ihr eigener Sohn derart entglitten? Warum war ihr ihre Aggression so entglitten? Was hätte sie tun können, um das Ruder herumzureißen? Was hatte sie falsch gemacht – in ihrer Ehe, in der Kindererziehung?
Sie schluchzte laut. Ihre Schuldgefühle schienen sie zu erdrücken. Sie quälte sich bis in die Kamegger Wohnung. Sie würde sich jetzt auf ihr Sofa setzen und sinnlos betrinken.
Aber vorher musste sie noch den Herrn Bürgermeister in seiner Idylle stören.

Kapitel 13:

Ein Bürgermeister meistert alles

Keine Erniedrigung am Telefon

Der Herr Bürgermeister wollte eigentlich planmäßig bis Montag in der steirischen Therme urlauben, reiste aber nach dem Telefonat mit der Frau Gemeinderätin bereits am Sonntagvormittag ab. Seine Familie war nicht begeistert. Seine Frau zeigte etwas zähneknirschend Verständnis, nachdem er sie in die notwendigen Details eingeweiht hatte. Sie blieb ebenso wie sein Sohn mit seiner Freundin im von Hundertwasser entworfenen Rogner Bad Blumau. Warum auch sollte sie auf einen weiteren Entspannungstag verzichten? Sie war ja nicht Bürgermeisterin!

Mittels Gemeinderats-Chatgruppe berief der Herr Bürgermeister für Montagabend eine dringliche, außerordentliche Gemeinderatssitzung ein. Es gehe um „ein schwerwiegendes Problem, das dem Image des Kurortes Gars erheblichen Schaden zufügen könnte" stand da geschrieben. Und wenn dann gleich im nächsten Satz auf die „strenge Einhaltung des Konferenzgeheimnisses" hingewiesen wurde, obwohl die Konferenz noch gar nicht stattgefunden hatte, dann, ja dann musste es wirklich etwas Dramatisches sein.

Die Chat-Nachricht verfehlte ihre Wirkung nicht! Fast alle 23 Gemeinderäte fanden sich am folgenden Abend um den riesigen Besprechungstisch des neugestalteten Rathaussaals ein. Alle, außer einer!

„Die Frau Gemeinderätin Schwertlinger lässt sich krankheitsbedingt entschuldigen!“, verkündete der Herr Bürgermeister noch bevor alle ihre Sitzplätze eingenommen hatten.

„Na, die wird eine schwerwiegende Krankheit haben!“, meinte ein männlicher Gemeinderat augenzwinkernd zu seinem Nachbarn.

„Wahrscheinlich Vogelgrippe! Das kommt vom vielen Vögeln in der freien Natur!“, lachte sein Kollege derb. Sein Nachbar setzte dem noch eins drauf: „Na ja, wenn du Schwertlinger heißt, dann steckst du eben nicht nur dein vertrautes Schwert in deine Sch…!“

„Schluss jetzt! Es reicht, meine Herren!“, donnerte der Herr Bürgermeister energisch dazwischen und schnitt damit den Satz mitten im Wort ab. Das schlüpfrige Zwiegespräch war augenblicklich beendet.

Eine peinliche Stille entstand und alle Augen waren auf das Ortsoberhaupt gerichtet.

„Ich hoffe, wir können jetzt auf einer sachlichen Ebene weiterreden!“, fügte er mit schon etwas ruhigerer Stimme hinzu. „Bitte, nehmen Sie Platz!“ Er schaute die beiden eindringlich an. Denen war das Lachen gerade vergangen.

Als ersten Punkt der Sitzung informierte der Herr Bürgermeister kurz über den neuesten Stand der gefundenen Frühwerke des Friedensreich Hundertwasser, vor allem über die fehlenden zwei Rollen, die ja leider noch immer nicht aufgetaucht waren. Auch über den Wunsch, diese seltenen und einmaligen Zeichnungen im Zeitbrücke-Museum auszustellen, verlor er einige Sätze. Die Werbetrommel musste er dafür nicht extra rühren! Man war sich rasch einig. Diesbezüglich gab es keinerlei Diskussionen.

Und diese Sache, so kalkulierte der Herr Bürgermeister, konnte man auch gut im Protokoll als Grund für die eilig einberufene Sitzung vermerken. Ob sich der eigentliche Grund dieser Zusammenkunft zu einem „informellen Gespräch" entwickeln würde, das könnte man erst am Ende des Abends sagen.

Dann allerdings kam man schnell zur Sache und erwartungsgemäß in eine hitzige Diskussion rund um den Drogenfund.

„Das sind doch jugendliche Kindereien!", meinten die einen.

„Das haben wir doch alle schon probiert!", ergänzte ein anderer, der dafür erstaunte Blicke erntete.

„Die Polizei gehört auf jeden Fall informiert!", forderten einige.

„Deswegen sollte man doch nicht gleich die Pferde scheu machen!", argumentierten andere. „Dem Image unseres Ortes schadet es allemal!" hörte man.
„Wir wollen doch keine Kriminellen davonkommen lassen!"
Nach zirka zwei Stunden, in denen zahlreiche Für- und Wider-Argumente angehört und abgewogen worden waren, einigten sich alle Parteien für die unbürokratische Variante des Verschwinden-Lassens und Stillschweigens.
Noch einmal schwor der Herr Bürgermeister alle Anwesenden auf ihre Schweigepflicht ein. „Wenn die Presse davon Wind kriegt, na dann, gute Nacht!", resümierte er. Dass damit auch SEINE politische Karriere ein jähes Ende finden könnte, wusste – aber verschwieg – er. Er dankte allen für ihre spontane Bereitschaft und ihren Einsatz und beendete damit diese äußerst delikate und anstrengende Sitzung, die offiziell ausschließlich Friedensreich Hundertwasser gegolten hatte.
Einige Sitzungsteilnehmer verließen sichtlich zufrieden den Saal. Andere tuschelten ein wenig. Und wieder andere schüttelten ob dieser Entscheidung betroffen die Köpfe.
Am nächsten Morgen erreichte der Herr Bürgermeister die erkrankte Frau Gemeinderätin Schwertlinger telefonisch. Sie hüstelte etwas, als

ihr der Herr Bürgermeister die vereinbarte Lösung des Problems mitteilte. Er informierte sie auch darüber, dass er mit den „Ausmistern" des Terrassen-Cafes persönlich Kontakt aufnehmen würde. Sie mussten eindringlich eingeschworen werden.

Die Frau Gemeinderätin bedankte sich mit belegter Stimme. Dem Bürgermeister kam es so vor, als wäre sie hocherfreut über das Schweige-Abkommen, ja sogar ein wenig Erleichterung glaubte er aus ihrer angegriffenen Stimme zu hören.

Ein weiteres, mit Sicherheit komplizierteres Telefongespräch stand ihm allerdings noch bevor. Da der Herr Magister Peilsteiner bei Auffindung der Hundertwasser-Akte schon rechtmäßiger Besitzer des Terrassen-Cafes war, war er auch rechtmäßiger Besitzer der Skizzen. Ob er diese für eine Ausstellung im Zeitbrücke-Museum kostenfrei zur Verfügung stellen würde, diesbezüglich wollte der Herr Bürgermeister vorfühlen. Es wäre ja unverantwortlich, eine solche Gelegenheit, die die Marktgemeinde Gars nach der Sommersaison noch einmal in den Mittelpunkt des kulturellen Geschehens im Kamptal pushen würde, ungenutzt zu lassen. Gerade jetzt im Spätherbst fielen die Nächtigungszahlen gegen null. Mit einer Ausstellung dieser Art könnte man eventuell auch Gäste während der kalten Jahreszeit nach Gars locken. Was gäbe es sonst für einen

Grund, die nebeligen Monate im nebeligen Gars zu verbringen?
Überrascht davon, dass der Herr Magister bereits nach dem ersten Klingeln höchstpersönlich am Telefon war, brachte der Herr Bürgermeister all sein rhetorisches Können auf und sein Anliegen vor. Von seiner Verantwortung für den Ort Gars war da die Rede, vom Kunstgenuss im Kamptal, von der Zusicherung, dass der Herr Magister als großer Gönner Erwähnung finden würde ...! Der Herr Bürgermeister zog alle Register, als ihn der Herr Magister abrupt unterbrach: „Werter Herr Bürgermeister!“ Das klang irgendwie herablassend, wie der Herr Magister das aussprach. „Die paar lächerlichen Kinderzeichnungen des Hundertwasser interessieren mich absolut nicht!“, lachte er höhnisch ins Telefon. Der Herr Bürgermeister war irritiert. „Wegen solcher Kleinigkeiten müssen Sie mich wirklich nicht anrufen. Die sind, ehrlich gesagt, doch keine 10 000 wert!“ Wieder lachte er überheblich. „Soll ich Ihnen ein Geheimnis verraten?“ Jetzt klang er gespielt verschwörerisch. „Ich hab vor ein paar Jahren - 2017 war das, glaube ich - bei einer Auktion bei Christie's versucht, einen späteren Hundertwasser zu ersteigern. Mein Limit lag bei 500 000 Euro. Und wissen Sie was? Ich hab den Zuschlag nicht bekommen!“ Er lachte spöttisch, aber doch irgendwie enttäuscht.

Was sollte der Herr Bürgermeister darauf antworten? Da redete der Herr Magister schon weiter: „Ich glaube, es ist doch sehr in Ihrem Sinne, wertester Herr Geier" - das „Bürgermeister" fehlte diesmal in der Anrede - „wenn ich Ihnen die Skizzen für Ihr verstaubtes Heimatmuseum schenke! Sie können mich ja gern in Ihrem Ausstellungskatalog erwähnen, falls es so etwas überhaupt gibt!" Er klang jetzt belustigt.
„Und jetzt muss ich mich wieder Ernsthafterem widmen. Wiederhören!" Er hatte einfach aufgelegt.
Nicht einmal bedanken hatte sich der Herr Bürgermeister können. Er war perplex. Und er war verärgert. Wie ein kleiner Schulbub war er behandelt worden. Seine Wangen gewannen an Farbe. Und der hochnäsige Herr Magister hatte nicht einmal gewusst, dass das Heimatmuseum schon längst Zeitbrücke-Museum hieß und keineswegs altmodisch und verstaubt war.
Nach ein paar Minuten des Aufregens und Ärgerns stellte der Herr Bürgermeister allerdings fest, dass er trotz der herablassenden Art des Herrn Magisters mit dem Ergebnis des Telefonats zufrieden sein konnte. Er hatte - genau genommen - mehr erreicht als er erwartet hatte. Das war doch durchaus ein Verhandlungserfolg! Und dass ihn dieser neureiche Schnösel so erniedrigend behandelt hatte, das musste man ja nicht an

die große Glocke hängen. Er hatte einen eindrucksvollen Erfolg zu verbuchen!

Kapitel 14:

Der letzte Akt im Blauensteiner

Loses Mundwerk im „Goldenen Hirschen“

Ein allerletztes Mal waren Bertl und die Zenk-Buam ausgerückt, um die potenziellen Image-schädigenden Spuren der Drogenparty im Blauensteinerschen Kellergewölbe zu beseitigen. Unter strengster Geheimhaltung versteht sich!

„Magst dir ein Sackerl mitnehmen? Du bist in letzter Zeit eh immer so grantig!“, witzelte einer der Zwillinge seinem Bruder zu und machte eine auffordernde Handbewegung. Der Angesprochene konterte blitzschnell: „So ein Zeug brauchst eher du, weil dir der Alk schon bald nicht mehr reichen wird!“

Nach einer guten halben Stunde war alles erledigt und nach einer weiteren halben Stunde waren auch ihre Haare, Bärte, Brillen und Kleidung wieder halbwegs ansehnlich zurecht geputzt.

Völlig entspannt, ja geradezu vergnügt saßen sie im Innenhof des „Goldenen Hirschen“. Der „Goldene Hirsch“ war früher ein uriges Wirtshaus namens Galbruner gewesen, in dem die Wirtin bezirksbekannt für ihre Palatschinken gewesen war. Heute war es eher ein gehobenes Restaurant, das sich aber den Charakter des alten Lokals erhalten hatte. In der Weinlaube im Innenhof ließ es

sich herrlich bei einem guten Gläschen Wein sitzen und plaudern.
Das taten auch die drei „Ausmister“, nachdem sie ein vorzügliches dreigängiges Mittagessen genossen hatten. Der Herr Bürgermeister hatte sich nämlich sehr großzügig gezeigt und bekräftigt, dass er heute alle ihre Ausgaben im „Goldenen Hirschen“ übernehmen würde. Das war ein bisschen unvorsichtig von ihm gewesen!
„Was ist denn jetzt eigentlich mit deinem Gegengeschäft, Bertl? Du weißt schon, die Bäume bei der Pfadfinderwiese!“, fragte einer der Zwillinge.
„Der Herr Bürgermeister hat versprochen, sich noch vor dem Frühjahr darum zu kümmern“, entgegnete Bertl.
„Hat er auch dazugesagt, in welchem Jahr?“, lachte der zweite Zenk-Bua sarkastisch. Bertl verzog das Gesicht und machte einen eher hilflosen Eindruck.
„Aber wurscht, wir habens eh gern gemacht – für dich! Und das Essen und der Wein da sind auch nicht zu verachten“, tröstete ihn Zenk-Bua Nummer Eins.
„Na, dann! Auf das Terrassen-Cafe Blauensteiner!“, erhob Bertl sein Glas und prostete seinen zwei Kumpanen zu.
„Nein, nein, nein!“, widersprach Zenk-Bua Zwei schon ein bisschen angeheitert: „Trinken wir lieber auf Gars und seine Geheimnisse!“

„Halts Maul!“, stieß ihn sein Bruder in die Rippen! „Der Teufel schläft nicht!“
Da war „der Teufel“ schon hellhörig geworden. „Was hat denn Gars für welche Geheimnisse, die ich nicht kenne?“, lugte eine Dame hinter der Weinlaube hervor. Bertl durchfuhr ein Blitz. Ausgerechnet die allergrößten Tratschtanten, Mitzi Printl und Hanni Bachmair, mussten dort sitzen. Aber Bertl hatte sofort eine Antwort parat: „DU, liebe Mitzi, kennst sie alle – die Geheimnisse von Gars. Da bin ich mir ganz sicher. Und wenn es ein neues Geheimnis gibt, dann informiere ich euch als Erste! Großes Indianer-Ehrenwort!“ Dabei legte er seine rechte Hand an seine Brust und lächelte sein bestes Lächeln, das er in dieser verflixten Situation zustande bringen konnte.
„Das will ich hoffen, Bertilein!“, drehten sich die neugierigen Damen wieder zurück an ihren Tisch. Die Kusshand, die er ihnen quasi als Bestätigung zugeworfen hatte, sahen sie nicht mehr. Bertl war sichtlich erleichtert, warf aber seinen beiden Trinkbrüdern einen vielsagenden Blick zu.
Noch immer das Glas in der Hand haltend, wagte er einen erneuten Toast: „Wir trinken einfach auf uns, die ES-BAT!“
Noch bevor er eine Erklärung dafür abgeben konnte, sagte ein Zwilling: „Aber geh! Nur weil wir heute einmal eine ordentliche Zeche auf

Gemeinde-Kosten machen, musst du uns nicht gleich in ESS-BAT umtaufen!"
Bertl lachte: „Blödian, du! Das E steht für emsig, und das S für sportlich. Wir trinken auf die emsigste und sportlichste Blauensteiner-Ausmist-Truppe, die Gars je gehabt hat!"
Und schon stießen die Gläser zusammen und fanden ihren Weg in zufriedene, entspannte Gesichter.
Dass ESBAT das englische Wort für Hexensabbat war, wussten sie freilich nicht.

Kapitel 15:

Ein Herr Professor außer sich

Von Stiefern bis Doberndorf

Der ansonsten so nachdenkliche und stille Obmann des Museumsvereins war außer sich vor Freude. So sah man Herrn Professor Ehrentaler nur selten, genaugenommen nie.

Gestern erst war ein sehr aufregender Tag für ihn gewesen. Der Herr Bürgermeister hatte ihn über das kostbare Geschenk von Herrn Magister Peilsteiner informiert. Was für ein Glück für Gars und das Zeitbrücke-Museum! Der Herr Professor konnte und wollte sich gar nicht vorstellen, wie schwierig diese Verhandlungen gewesen sein mussten und wie der Herr Bürgermeister letztendlich diese Schenkung zustande gebracht hatte. Er zog seinen Hut vor so viel Überredungskunst und Einsatzfreude. SEIN Bürgermeister war eben doch der beste!

Und heute? Heute war die Aufregung nicht kleiner!

„Der junge Hundertwasser in Gars am Kamp", sah er schon den Titel der Ausstellung vor seinem geistigen Auge, als er zielstrebig von der Marktgasse über den Hauptplatz Richtung Gemeindeamt spazierte. Er wollte dem Herrn Bürgermeister unbedingt und sofort die frohe Kunde übermitteln, und zwar persönlich!

Letzte Woche hatte er die „Hundertwasser Privatstiftung“ in Wien kontaktiert, und zwar auf eigene Faust. Die vier, in Gars entdeckten Skizzen waren ihm nämlich doch ein wenig dürftig für eine eindrucksvolle Ausstellung erschienen. Nun aber hatte er es schwarz auf weiß: Er durfte mit weiteren Frühwerken des Fritz Stowasser alias Friedensreich Hundertwasser aus dem Fundus der Stiftung rechnen.

Die Leihgaben umfassten unter anderem zwei Aquarelle. Eines davon zeigte die Taborgasse hinter dem Terrassen-Cafe Blauensteiner, ein weiteres war am Ortsrand von Stiefern, einem Weinort etwa 10 Kilometer südlich von Gars gelegen, gemalt worden. Neben den Aquarellen wurden auch einige Bleistiftzeichnungen von Horn und Doberndorf, einem Ort zirka 15 Kilometer nördlich von Gars, angeboten. Auch ein Selbstporträt aus dem Jahr 1945 würde die Ausstellung zieren. Damals war der Künstler 17 Jahre alt gewesen. Das Hauptaugenmerk aber sollten die Besucher auf eine Bleistiftzeichnung der Babenberger-Burg legen. Sie war vom Künstler selbst mit „Gars am Kamp, Schloßberg, 1945“ betitelt worden. Diese sollte – wenn es nach dem Herrn Professor ginge – auch das Titelblatt des Ausstellungskatalogs werden.

Der Herr Bürgermeister nickte zufrieden. Es war auch nach Jahrzehnten als Bürgermeister immer noch schön, für seinen Einsatz gelobt zu werden. Und es war immer noch schön, mitanzusehen, wie sich einige Garser Bürger tatkräftig engagierten – egal, in welchem der zahlreichen Vereine des Ortes oder auch einfach individuell, aus Eigeninitiative. Und bequem war es durchaus auch! Fast hätte der Herr Professor auf die vier Akt-Zeichnungen vergessen, so sehr hatte er sich über die Nachricht der Stiftung gefreut! Gemeinsam kam er mit dem Bürgermeister zur Überzeugung, dass es wohl besser wäre, die Akte ohne Nummern zu präsentieren. Einerseits wollte man nicht schlafende Hunde wecken, andererseits waren die Rollen selbst ja gar nicht als Ausstellungsobjekte vorgesehen.

„Auf alle Fälle wird diese Ausstellung das Highlight des kommenden Jahres werden!", war sich der Herr Professor sicher. „Mit etwas Glück und etwas Werbebudget wird sie sicher auch über die Landesgrenzen hinaus Anklang finden", schwärmte er weiter und sah den Ortschef fragend an. „Ich denke, dafür wird sich schon Geld auftreiben lassen!", erkannte der Herr Bürgermeister den Wunsch des Professors sofort. Dieser zog einige Minuten später mit leuchtenden Augen und voller Euphorie von dannen.

Am selben Abend machte der Herr Professor mit seiner Frau einen kleinen Spaziergang. Sie schlenderten gemütlich über die Kampbrücke, hinein in die Villengasse, wo sie kurz vor dem Terrassen-Cafe innehielten. Fast ehrfürchtig betrachteten sie das baufällige Hotel, wo das vielversprechende Ausstellungsprojekt seinen Anfang genommen hatte. Als sie über den Bahnsteg wieder zurück Richtung Zentrum gingen, fühlte sich der Herr Professor wie neu geboren. „Gars steht etwas Großes bevor!“, murmelte er vor sich hin, worauf sich seine Ehefrau vertraut in seinen Arm einhängte.

Kapitel 16:

Die Hausdame denkt nach

Eine Notlüge im Lehnstuhl

Oma Gramperl hörte ihrer Enkelin nur mit einem Ohr zu. Diese war in ihrem Redeschwall kaum zu bremsen. Was diese Ausstellung für Gars bedeuten wird, wie schwierig die Sicherheitsauflagen zu erfüllen sind, wie der Katalog ausschauen wird …! All das interessierte Oma Gramperl nicht. Sie blätterte währenddessen in der Winter-Ausgabe ihrer geliebten Garser Gemeindenachrichten. Unter der Rubrik „Wir gratulieren" fand sie nur noch zwei Personen, die älter als 95 waren. Alle ihre Freunde und näheren Bekannten waren bereits unter der Erde.

„Oma! Hörst du mir überhaupt zu? Ich hab dich etwas gefragt!"

Irritiert schaute Oma Gramperl auf: „Was willst du denn wissen, Kinderl?"

„Ich hab dich gerade gefragt, ob DU eine Idee hast, wie die Hundertwasser-Zeichnungen ins Terrassen-Cafe Blauensteiner gekommen sein könnten. Darüber zerbricht sich der Obmann des Museumsvereins schon seit der Entdeckung der Skizzen den Kopf."

Oma vermied den Augenkontakt mit ihrer Enkelin, weil sie keine gute Lügnerin war. Sie dachte nach, was sie sagen sollte. Außer einem

„Hmmm!“ kam aber nichts aus ihrem Mund. „Aber du warst doch zu dieser Zeit als Hausdame dort angestellt, oder?“
„Ja, das war ich! Aber ich war eher das Mädchen für alles!“
„Und? Hast du eine Erklärung?“
In Omas Kopf kreisten die Gedanken. Und dann log sie: „Nein, Kinderl! Ich hab nicht die leiseste Ahnung!“
Sie wollte sich der Rubrik „Wir trauern um“ zuwenden, aber ihre Enkelin gab sich mit ihrer Antwort nicht zufrieden: „Weißt du, Oma, komisch ist das schon, weil der Hundertwasser nie dort übernachtet haben konnte. Das ‚Blauensteiner‘ war 1945 zu!“
„Hmmm, ja, das ist seltsam!“, pflichtete Oma bei und wollte das Thema damit abgehakt wissen. Weit gefehlt!
„Hast du den Hundertwasser eigentlich irgendwann einmal gesehen in Gars?“ Die Fragerei der Enkelin schien kein Ende nehmen zu wollen. Vorsichtig formulierte Oma: „Ich weiß ja nicht, ob dieser Bursch der spätere Künstler gewesen ist, aber ich hab schon ein paar Mal einen jungen, feschen Herrn auf der Brücke zeichnen gesehen. Könnte aber auch ganz wer anderer gewesen sein!“, versuchte Oma das Gesagte zu relativieren.
„Das ist er sicher gewesen!“, ereiferte sich die

Frau Gemeinderätin. Schon sah sie ihre Oma als Zeitzeugin bei der Eröffnung der Ausstellung sitzen …!

„Da wäre ich mir nicht so sicher!“, unterbrach Oma die Gedanken ihrer Enkelin. „Der Fritz Stowasser war ja nicht der einzige Künstler, der in Gars Urlaub gemacht hat. Da waren noch andere Maler. Und Schauspieler, Schriftsteller, Musiker, Architekten ...“, versuchte Oma das Gespräch in eine andere Richtung zu lenken.

Endlich ließ ihre Enkelin locker und stellte resignierend fest: „Dann wird das wohl das große Geheimnis der Ausstellung bleiben!“

„Ja, das wird es wohl!“, nickte Oma und tat so, als interessierten sie die Inserate der Gemeindenachrichten.

Oma Gramperl war ziemlich erleichtert, als sie wieder allein war. Und ein bisschen war sie auch stolz auf ihre Schauspielkünste.

Ja, sie sollten ein Geheimnis bleiben, die Zeichnungen vom Terrassen-Cafe. Nur sie, sie allein, wusste um dieses Geheimnis! Der, der noch davon wusste, war bereits im Jahr 2000 verstorben. Vieles hatte er der Welt bis dahin an Kunstvollem geschenkt. Von Briefmarken-Entwürfen bis zu Autokennzeichen, die „Regentag“ – sein Lebensprojekt! Die Gestaltung von Kirchen ebenso wie von Fernheizwerken, Hafengebäuden und

Ortsbrunnen. Oma hätte sich gerne an einem Garser Ortsbrunnen von Friedensreich Hundertwasser erfreut – damals, als sie noch dort wohnte. Er hätte ihr sicherlich besser gefallen als dieser Steinhaufen, dieser Kräuterbrunnen, unweit des altehrwürdigen Chorbrunnens. Zu ihrem Leidwesen hatte später Zwettl einen Hundertwasser-Brunnen bekommen und nicht Gars. Sie hätte ihn gerne als eine Art Erinnerungsstück in ihrer Nähe gehabt.
Er selbst hatte ja seinen Lebensabend weit weg in Australien verbracht, wo er schließlich zur Jahrtausendwende verstarb.
Ja, ja! Bis ins hohe Alter war er ausgesprochen kreativ und neugierig geblieben. Ein Wesenszug, den er schon als 17-jähriger Teenager hatte. Und als solchen behielt ihn Oma Gramperl in liebevoller Erinnerung.
Für sie war er immer noch der fesche, junge Bursch mit den struppigen Haaren und den buschigen Augenbrauen. Der, der ihr im September 1945 die sechs Rollen mit IHREN Akten in die Hände gedrückt hatte und sie anflehte, sie solle diese gut verstecken. Auf keinen Fall durfte die Frau Mama dahinterkommen. Er hatte deswegen wirklich Angst gehabt. Sie fand das irgendwie lächerlich. Aber sie hatte die Skizzen gut versteckt – oben, hinter jenen Büchern, die in kurrenter Schrift verfasst worden waren. Für die hatte sich

nach dem Krieg niemand mehr interessiert. Und schon ein paar Jahrzehnte danach konnte sie kaum noch jemand entziffern. Die Bibliothek des Terrassen-Cafes war das perfekte Versteck gewesen!

Als das Hotel im Jahr 1992 zugesperrt wurde und sie fast 70-jährig ihren Dienst quittierte, dachte sie flüchtig daran, alle Skizzen mitzunehmen. Sie ließ es aber bleiben. Dass sie die Abgebildete war, erkannte ohnehin niemand mehr. Und damals glaubte sie auch an so etwas wie die Fügung des Schicksals: Wer auch immer die Zeichnungen finden würde, der sollte damit tun und lassen, was er wollte. Sie hatte ohnehin die schönste in ihrer Lade!

Kapitel 17:

Heute ist Hexensabbat

Klare Ansage auf der Mailbox

Die Vorbereitungen zu „Werke des jungen Friedensreich Hundertwasser im Garser Raum“ liefen auf Hochtouren. Auf diesen Ausstellungstitel hatte man sich nach langwierigen Verhandlungen geeinigt. Die Frau Gemeinderätin, die ebenso wie der Herr Professor dem Ausstellungskomitee angehörte, hätte „Hundertwasser auf Sommerfrische in Gars am Kamp“ bevorzugt. Das hätte die gesunde Lage des Luftkurortes Gars mehr in den Fokus gerückt und klang irgendwie spritziger. Der Herr Professor wiederum meinte, dass „Frühwerke des Künstlers Friedensreich Hundertwasser im Kamptal“ präziser gewesen wäre. Schlussendlich musste man sich aber mit einem Kompromiss zufriedengeben.
Nun galt es, geeignete Rahmen und Beschriftungen für die Bilder zu finden. Ausstellungsbetreuer und -führer mussten rekrutiert, der Katalog mit diversen Beiträgen von Persönlichkeiten aus Politik und Kunst befüllt werden. Plakate und Flyer waren zu gestalten, Pressemitteilungen waren zu verfassen, und etwaige Ehrengäste mussten für eine stilvolle Eröffnung kontaktiert beziehungsweise eingeladen werden.

„Den Magister kannst ja gleich DU über-nehmen!“, teilte der Herr Bürgermeister die Frau Gemeinderätin coram publico ein. Er wollte nicht noch einmal so ein spezielles Telefonat führen. Die Frau Gemeinderätin wusste nicht recht, was sie antworten sollte. Es war ihr irgendwie peinlich, obwohl, oder vielleicht, WEIL es ohnehin schon alle wussten.
„Ich kümmere mich um den Bezirkshauptmann!“, hatte da der Bürgermeister schon weitergesprochen. „Und der Herr Professor wird so lieb sein und den Kunstsachverständigen und einen Vertreter der Hundertwasser-Stiftung zum Kommen animieren, gell?“ Ein Nicken und alles war klar, die Sitzung des Komitees damit beendet.
Als die Frau Gemeinderätin auf dem Heimweg zu ihrer „Absteige“ in Kamegg war, war es bereits dunkel geworden und es schien so, als kündigte sich der erste Schnee an. Es roch zumindest so. Noch im Gehen versuchte sie, ihren ganz persönlichen „Ehrengast“ zu erreichen. Voll Vorfreude wählte sie seine Telefonnummer. Aber es meldete sich nur die Mailbox: „Ich bin momentan mit meiner Familie auf Urlaub in Übersee. Für etwaige wichtige Anfragen kontaktieren Sie bitte mein Büro unter folgender Nummer …!“
Das konnte doch nicht wahr sein! Sie musste sich verhört haben! Drei weitere Male lauschte sie der automatischen Ansage. Erst dann begann sie

langsam zu begreifen: ER WAR - ohne ihr auch nur ein einziges Wort zu sagen oder zu schreiben - AUF URLAUB gefahren. MIT SEINER FAMILIE, hatte er in fröhlichem Tonfall aufs Band gesprochen! Was hatte das zu bedeuten?
Das konnte doch nur bedeuten, dass ...!
Sie rang mit den Tränen. Hatte er nicht mit ihr auf Urlaub fahren wollen? Wenn die lästigen Scheidungen überstanden wären, hatte er ihr doch versichert. Das hatten sie doch so vereinbart! Ein Neubeginn in der Karibik sollte das werden!
War DAS jetzt SEIN Neubeginn?
Mit SEINER Familie?
SEINE Versöhnung mit dieser Tussi in der Karibik?
Wut stieg in ihr auf! Tränen der Wut und der Kränkung! Sie ließ sich auf eine kalte Parkbank kurz vor Kamegg fallen. Die Kälte spürte sie nicht. Ihr war heiß! Sie versuchte ihre Gedanken zu ordnen. War das alles nur ein Missverständnis?
Noch einmal hörte sie die Mailbox ab. Das war kein Missverständnis! Das war die Stimme eines glücklichen Mannes! Sie ließ ihren Tränen freien Lauf.
Sie wollte nachdenken, aber ihre Gedanken blitzten ungeordnet hin und her. Sie schwirrten vom haltlosen Sex zu „Das kriegen wir schon hin“. Sie wurden quälender und quälender! Sie sah den

verletzten Lucky vor sich, dann den alten, toten Friedl.

War sie an all dem mitschuldig? Was hatte sie falsch gemacht? Nur Fragen, keine Antworten! Weinkrämpfe schüttelten sie!

War sie benutzt worden? Für ein lukratives Geschäft? Als billiges Vergnügen auf dem Land? War der Weg, der sie in eine glücklichere Zukunft führen sollte, plötzlich in einer Sackgasse gemündet?

In ihrem Kopf drehte sich alles! Sie glaubte, Gesichter um sich herum zu sehen. Lachende, die sie bespuckten und verspotteten. Fratzen mit angewiderten, hasserfüllten Augenschlitzen! Alle tanzten um sie herum! Bunt und laut! Gespenstisch und unerträglich! Sie kreisten, schadenfroh tanzend und johlend um den Teufel, der sie selbst war.

Es war Hexensabbat!

Mit einem kraftvollen Stoß stemmte sie sich von der Bank los. Sie streifte die ersten Schneeflocken von ihrer Jacke und setzte sich ihre Kapuze auf. Sie nahm ihre Handtasche und ging zurück Richtung Gars. Sie wusste, was sie zu tun hatte!

Kapitel 18:

Die Spuren im Schnee sind rot

Ein Zwiegespräch beim Nordturm

„Kann i jetzt endlich gehn?“, flehte der Sandler, der nur in Plastikschlapfen im leicht schneebedeckten Burghof stand und sichtlich fror.
„Nein!“, war die Antwort des Polizisten. „Erzählen Sie uns bitte noch einmal alles ganz genau!“
„I habs ja eh scho erzählt, ihrem Kollegen dort drüben!“
„Dann erzählen Sie es uns bitte noch ein zweites Mal!“, blieb der Polizist ungerührt und hartnäckig.
Dem Sandler war klar, dass er lieber sofort nochmals von vorne beginnen sollte, wenn er nicht riskieren wollte, dass seine Zehen erfroren.
„Also, i bin in der Fruah munter wordn, da hinten in mein Wohnmobil.“
„Wann genau war das?“
„Keine Ahnung, i hab ka Uhr! Aber a bisserl hell wars scho!“
„Aha!“
„I hab aufs Klo müssn. Wenn Sie’s genau wissen wolln: I hab groß müssn! Das erledig i im Winter immer aufm Friedhofshäusl. Is wärmer dort und außerdem schaut des ja im Schnee wirklich net so gschmackig aus!“

„Weiter!“ Der Herr Polizist schien am Stoffwechsel seines Gegenübers nicht sonderlich interessiert zu sein.
„Dann bin i durch des Zwingertor in den Burghof eini!“
„Warum sind Sie nicht über den Friedhofsparkplatz gegangen? Das wäre doch die wesentlich kürzere Strecke gewesen!“
„Weils rutschig is auf dem Parkplatz, wenns gfrorn hat!“
„Weiter!“
„Also, wie i in den Burghof rein bin, da is sie da glegn! I hab gleich gsehn, dass da nix mehr zum Machen is, Herr Inspektor. Weil sie is scho mit ana dünnen Schneeschicht überzogn gwesen. Und der Schnee bleibt doch nur auf an Gsicht liegn, wann des scho kalt is, oder?“
Ohne auf die Frage des Sandlers einzugehen, insistierte der Herr Polizist weiter: „Was haben Sie dann gemacht?“
„Also, zuerst hab i a bisserl gspiebn. Is ja ka so schöner Anblick. Wissen'S, Herr Inspektor, i hab scho vü gsehn …!“
„Weiter!“
„Ja, dann, dann bin i schnell zruck in mei Bude!“
„Warum?“
„I hab mir mein Anorak gholt und amoi vom Hochprozentigen an Schluck gmacht.

Wissen'S, Herr Inspektor, des beruhigt unheimlich, wenn …"
„Weiter!"
„Auf de Schuach hab i leider vergessn. Schaun'S her, Herr Inspektor, meine Latschen san schon ganz nass!"
„Weiter!"
„I bin dann glei den Schlossberg runter zum Gasthaus Klackl. Des is des Wirtshaus glei da unten, wo immer nach die Begräbniss´ der Leichenschmaus is!"
„Weiter!"
„I hab aufs Fenster klopft, so lang, bis der Pederl, des is der Wirt, wissen'S Herr Inspektor?"
„Weiter!"
„Der Pederl hat zerst glaubt, i hab an Rausch. Aber dann hat er mi doch eini lassn und von sein Telefon hab i dann eich angrufn! Was i da gsagt hab, brauch i Ihna aber jetzt net no amoi dazähln, oder?"
„Nein, danke! Ich kann mich an das Gespräch GERADE NOCH erinnern."
Hatte der Polizist jetzt einen Witz machen wollen?
„Ha, ha!", lachte der Sandler gekünstelt. Er wollte höflich sein.
„Warum lachen Sie?"
Es war wohl kein Witz gewesen.

„Haben Sie in der Nacht irgendetwas Ungewöhnliches bemerkt, gehört oder gesehen? Denken Sie bitte gut nach, das könnte alles wichtig sein!“

„Na, also, wie soll i sagn?“, zögerte der Sandler ein bisschen zu lange. Der Herr Polizist witterte wichtige Information und wurde schlagartig aufmerksamer als er es ohnehin schon war.

„Wenn i am Abend vom Wirtshaus ham kumm, dann hör i meistens a bisserl schlechter als in der Fruah!“ Der Sandler setzte einen entschuldigenden Gesichtsausdruck auf.

„Aber sonst war alles wie immer. Manchmoi knacken a paar Astln oder der Wind pfeift a wengal. Und weils ja gschneibt hat, is ja alles a a bisserl leiser als sonst!“

„Gut! Danke vielmals für Ihre Hilfe! Wir werden Sie aber mit Sicherheit noch einmal kontaktieren müssen.“

„Ka Problem, Herr Inspektor! Sie wissen ja, wo i wohn“, verabschiedete sich der Sandler und trottete durch den Schnee zurück in seine „Wohnung“.

Der Polizist sah ihm nach und dachte insgeheim daran, dass sich der Sandler jetzt wahrscheinlich noch einen Schluck Hochprozentigen genehmigen würde. Der würde ihm jetzt auch guttun. Die Kälte wurde langsam unangenehm.

„Das war ein Suizid, Herr Kollege! Das ist ziemlich sicher!“, riss ihn sein Kollege aus seinen

Gedanken und hielt ihm ein paar DIN A4 – Blätter vors Gesicht.
Auf die Rückseite des Sitzungsprotokolls hatte die Frau Gemeinderätin ihre Beweggründe für ihren Selbstmord gekritzelt. Die Blätter waren etwas feucht – ob von Tränen oder vom Schnee ließ sich momentan nicht feststellen. Sie hatte die Blätter auf der Mauerbrüstung oben auf dem Nordturm deponiert und mit ihrer übergroßen Handtasche beschwert. Offensichtlich in der Absicht, dass man diese möglichst schnell fände. Von ihrem Versagen als Mutter stand da geschrieben, vom schlechten Gewissen wegen ihrer Affäre und dem irren Glauben an eine bessere Zukunft. Von ihrer Schuld und Mitverantwortung rund um den Tod des alten Friedl war da zu lesen. Und vom Ausgebrannt-Sein in ihrer Funktion als Gemeinderätin war da die Rede. Der Herr Polizist nahm die Blätter an sich und steckte sie in eine Klarsichtfolie. Dass auch ihn die gelesenen Worte berührt hatten, versuchte er nicht zu zeigen.
„Brauchen Sie mich noch?", fragte eine Stimme hinter ihm. Die ortsansässige Ärztin schien auch zu frieren.
„Nein, danke!" antwortete der Uniformierte und fügte noch „Trotzdem ein schönes Wochenende" mit einem gequälten Lächeln hinzu. „Danke! Ihnen auch!", erwiderte die Ärztin. Als sie in das

doch etwas mitgenommene Gesicht des Polizisten schaute, meinte sie abschließend: „Gehört leider auch zu unseren Jobs!"
Dann marschierte sie Richtung Parkplatz zurück. Als sie am Friedhofsparkplatz ankam, kam ihr bereits der Kleinbus des Bestatters entgegen.
„Diesen Job möchte ich schon gar nicht machen!", dachte sie kurz und stieg in ihr Auto ein.

Kapitel 19:

Sag zum Abschied leise „Servus“

Zwei Tanten auf dem Friedhof

„Man soll ja über Verstorbene nichts Schlechtes sagen, aber dass da auf der Parte ‚In Liebe, dein Gatte‘ steht, das find ich wirklich ein bisserl übertrieben!“, mokierte sich Hanni Bachmair, als sie noch einmal ganz genau die Parte im Schaukasten am Friedhofseingang studierte. Ihre Freundin, Mitzi Printl, bestätigte ihre Einschätzung: „So etwas Ähnliches hab ich mir auch gedacht!“
„Und schau dir einmal das Foto da rechts oben genau an! Muss man da unbedingt ein Brustbild im Garser Dirndl auswählen? Für so einen Anlass! Da sieht man ja mehr als das Dirndl verdecken kann!“
„Tja, manche Leute wissen halt nicht, was sich gehört! Selbst über den Tod hinaus!“
Nach einem zustimmenden Nicken machten sich die beiden Tratschtanten auf den Weg zur Gertrudskirche, einem beeindruckenden Bauwerk aus dem 12. Jahrhundert, das mitten auf dem Friedhof stand.
Das diffuse Licht, das durch die mit Glasmalereien verzierten Fenster in den Altarraum fiel, machte die Atmosphäre- nicht nur bei Begräbnissen – einzigartig mystisch.

Die Gedenkfeier für die so tragisch ums Leben gekommene Frau Gemeinderätin Valerie Schwertlinger würde in 20 Minuten beginnen. Die beiden Tratschtanten hatten gerade noch einen Sitzplatz oben auf der Chorempore ergattert. Da hatte man einen allumfassenden Überblick über Sarg, Trauergemeinde und Begräbnisbesucher. Und man konnte auch ein bisschen mehr und unauffälliger tratschen, als wenn man mitten im Geschehen saß.

„Ich find das überhaupt nicht richtig, dass die ein rechtmäßiges Begräbnis bekommt, wo sie sich doch selber …!“ Hanni Bachmair führte ihre Handkante an ihren Hals.

„Aber geh, sei doch nicht so streng. Und so kommen wir auch wieder einmal unter die nobleren Leute!“, widersprach Mitzi Printl und deutete mit ihrer weißen Rose, um die ein schwarzes Band gebunden war, auf die inzwischen unüberschaubare Menschenmenge, die noch immer in die Kirche drängte.

Ja, alle waren sie gekommen, um die Frau Gemeinderätin gebührend zu verabschieden. Der Gemeinderat trat paarweise vor zum Sarg und kondolierte danach dem Ehemann, dem Sohn und der Großmutter der Verstorbenen. Der Ehemann ließ das alles stoisch über sich ergehen, der Sohn schien gar nicht bei der Sache zu sein. Einzig die Großmutter hatte ihr Taschentuch fest auf ihr

Gesicht gepresst und weinte so bitterlich, dass ihr ganzer Oberkörper zitterte. Ihre Begleiterin vom Stephansheim überlegte, ob sie der alten Dame die gesamte Zeremonie zutrauen könnte. Sie redete kurz auf Oma Gramperl ein, die jedoch entsetzt und vehement den Kopf schüttelte und weiterschluchzte.

Nach der Seelenmesse in der Kirche wurde die Frau Gemeinderätin im Familiengrab beigesetzt. Dort, wo schon ihre Mutter begraben worden war. Am offenen Grab spielte die Bürgermusikkapelle, deren Mitglied die Verstorbene gewesen war, das Lied „Näher mein Gott zu dir“, das alle Anwesenden zu Tränen rührte. Nur die Tratschtanten nicht!

„Sag zum Abschied leise ‚Servus‘ hätte viel besser gepasst!“, flüsterte Hanni Bachmair ihrer Freundin zu – wohlwissend, dass es in besagtem Lied um Liebeleien ging und nicht um den Tod. Mitzi Printl war aber zu sehr mit dem Schnäuzen beschäftigt, als dass sie reagieren konnte. Der Herr Bürgermeister hielt eine kurze Abschiedsrede, in der er das Engagement und die Liebenswürdigkeit der Frau Gemeinderätin Schwertlinger unterstrich. Auch er hatte mit seinen Emotionen zu kämpfen.

Dann war alles vorbei. Langsam löste sich die Trauergemeinde auf, nachdem verkündet

worden war, wer sich in welchem Gasthaus zum Leichenschmaus einfinden sollte.
„A schöne Leich war das!", fasste Mitzi das Gesehene zusammen, „ich möchte auch einmal die Musikkapelle dabeihaben, wenns soweit ist!"
„Dann solltest schleunigst Mitglied werden bei der Bürgermusik. Siehst ja eh, wie schnell das gehen kann!", riet ihr Hanni.
„Aber geh! Ich bin doch nicht so blöd und bring mich selber um! Wer weiß, was ich da alles verpassen tät!"
Mit einem Augenzwinkern hakte sie sich bei ihrer Freundin ein und schon begutachteten sie die Gräber entlang des Friedhofweges.
„Der hätte sich mehr als Plastikblumen verdient!", wurde gemurmelt.
„Die könnten auch einen gescheiten Kranz kaufen für ihren Vater!", wurde bekrittelt.
„Dem seine Frau bringt auch keine Blumen mehr!"
„Dort hab ich auch schon lange keine brennende Kerze mehr gesehen!"
Von Traurigkeit war dabei keine Spur!

Kapitel 20:

Das hätten wir doch hingekriegt

Ein Geheimnis auf einem Foto

„Fulminanter Start der Hundertwasser-Ausstellung" war die Frühjahrsausgabe der Garser Gemeindenachrichten betitelt. „Hochkarätige Ehrengäste bei der Eröffnung" konnte man darunter lesen. Das Titelblatt zierte ein Foto, auf dem der Herr Bürgermeister Geier zusammen mit dem Obmann des Museumsvereins, Herrn Professor Ehrentaler, das Original der Schlossberg-Zeichnung von Friedensreich Hundertwasser in die Kamera hielten. Flankiert wurden sie von einem Vertreter der Hundertwasser-Privatstiftung und dem Herrn Bezirkshauptmann. Alle lächelten ihr professionelles Lächeln.
Oma Gramperl lächelte nicht. Sie ignorierte die Titelseite. Stattdessen begann sie, die Zeitung von hinten aufzublättern. Dort fand sie unter „Wir trauern um" - zwar erwartet, dennoch brutal schmerzend - den Namen ihrer Enkelin. Oma hatte keine Tränen mehr, nickte nur und wollte sich Lucky zuwenden, der erstmals als Kurier der Gemeindenachrichten fungierte und Oma ihre sonst so sehnlich erwartete Zeitung gebracht hatte. Diese Ausgabe aber schmerzte nur. Gerade wollte sie sich bei ihrem Urenkel

bedanken und ihm sagen, dass sie es sehr schön findet, dass ER sich jetzt um sie kümmerte. Aber da hatte Lucky bereits seine Kappe wieder aufgesetzt und war mit einem „Tschü, Urli“ schon wieder entfleucht.

Oma Gramperl hatte Verständnis dafür, dass ein junger 16-Jähriger Besseres zu tun hatte, als den Nachmittag bei seiner fast 100-jährigen Uroma zu verbringen.

„Das hätten wir doch hingekriegt!“, sinnierte Oma, als ihr Blick abermals auf die Todesanzeigen fiel. „Kinderl, Kinderl!“, schüttelte sie ungläubig ihren Kopf.

Dann schaute sie auf zu ihrem Herrgottswinkel und redete den gekreuzigten Jesus direkt an: „Was hab ich denn verbrochen, Herrgott, dass ich nicht nur meinem Mann und meiner Tochter, sondern sogar meinem Enkelkind ins Grab nachschauen muss?“ Der Vorwurf in ihrer Stimme war nicht zu überhören.

Dann nahm sie das gerahmte Familienfoto von der Kommode und hielt es mit beiden Händen auf ihrem Schoß fest. „Jetzt gibt es nur noch den Lucky und mich!“

Lange fixierte sie das Bild, bis ihre Augen zu wandern begannen. Sie wanderten vom Gesicht ihrer Tochter zu dem ihrer Enkeltochter, dann zu Lucky. Trotz des unbeschreiblich großen und schwer zu ertragenden Schmerzes huschte ein

unmerkliches Lächeln über Omas Gesicht, als sie Luckys struppige Haare und seine dichten Augenbrauen betrachtete.
Es war nur ein einziges Mal - an jenem Vormittag im September 1945, dass sie sich nach dem Zeichnen nicht sofort wieder angezogen hatte.

Kapitel 21:

Ein Kassenschlager rechnet sich

Die Besucher aus Tschechien

Mit einem riesigen Blumenstrauß in weiß-grün, den Farben des Garser Wappens, beglückwünschte der Herr Bürgermeister die überraschte Dame in Radlerkluft. Sie war die 10 000ste Besucherin der äußerst erfolgreichen Ausstellung. Aus Tschechien waren sie und ihr Begleiter angereist, um die seltenen Frühwerke eines „Garser Künstlers" zu Gesicht zu bekommen, erklärte die Dame in perfektem Deutsch, nachdem sie sich von dieser unerwarteten Begrüßung wieder erfangen hatte.
Dem Herrn Bürgermeister gefiel, was er hörte. Ein GARSER Künstler hatte die attraktive Mitvierzigerin gesagt. Sie schien sehr sportlich zu sein, das sah man nicht nur an ihrem Outfit. Gemeinsam mit ihrem Ehemann war sie auf dem Kamp-Thaya-March-Radweg unterwegs. Auch das gefiel dem Herrn Bürgermeister.
Botschafter des Kamptals sozusagen!
Als er ihr die Kopie von Hundertwassers ‚Schlossberg' in die Hand drückte, war sie fast den Tränen nahe. Fotos für die Lokalpresse wurden gemacht und ein Interview mit der Frau

Redakteurin der „Bezirkszeitung" musste natürlich auch sein.
Nach einer ausgedehnten Privatführung mit Herrn Professor Ehrentaler persönlich fuhr man zum Poldi-Wirt zum gemeinsamen Mittagessen. Man wollte sich doch nicht lumpen lassen und vor den Geehrten als Schnorrer dastehen. Die tschechischen Gäste deponierten all ihre Geschenke noch schnell im Museum. Sie wollten sie später abholen und ins Smart-Motel in die Wienerstraße bringen. Dort hatten sie, bereits von zuhause aus, eine Übernachtung gebucht.
Sportlich schwangen sie sich auf ihre Räder. Der Herr Bürgermeister bot sich als Chauffeur für den Herrn Professor und die Frau Redakteurin an. Und schon sah man seinen Audi Q3 langsam den Radfahrern den Weg Richtung Mittagstisch zeigen.
Dort angekommen, zwängte sich die Frau Redakteurin zwischen den Herrn Bürgermeister und die geehrte Dame an den Tisch und startete sofort eine angeregte Konversation mit den Gästen aus dem Nachbarland. Dem Herrn Bürgermeister sah man an, dass er lieber neben der sportlichen Tschechin als der rundlichen Redakteurin gesessen wäre. Aber er machte gute Miene zum bösen Spiel. Schließlich war es nicht ganz unwichtig, was und wie die Presse über dieses Event berichtete. Zur Lokalpresse musste man immer einen

guten Draht haben, das wusste der Herr Bürgermeister aus langjähriger Erfahrung.
Es war ihm sogar so, als hörte er die Frau Redakteurin ein paar Brocken Tschechisch reden!
Als alle satt und zufrieden waren, schien dann doch der Gesprächsstoff zu Ende zu gehen. Die Frau Redakteurin erlöste alle von der entstandenen, kurzen Stille und erläuterte den Gästen die Vorzüge eines Luftkurortes wie Gars. Sie ließ dabei auch die diesbezüglichen Bemühungen des Bürgermeisters nicht unerwähnt und lobte ihn für seinen selbstlosen Einsatz für Gars derart, dass der Herr Bürgermeister stutzig wurde. Wenn sie ihn so umschmeichelte – das wusste er aus Erfahrung – dann führte sie etwas im Schilde. Er versuchte aber unbeeindruckt zu wirken und widmete sich einem Stück des köstlichen „Bürgermeister-Striezels“. Dieser Germstriezel mit Mohn-, Nuss- und Topfenfülle war ein Gedicht. Plötzlich schoss es ihm durch den Kopf: „Hoffentlich hat die BAT dichtgehalten!“ Ein alarmierender Gedanke, der sich da vordrängte! Da hatte sich die Frau Redakteurin bereits ihm zugewandt und nahm – betont lächelnd – einen Schluck ihres Häferlkaffees mit Schlagobershaube. Mit einem weißen Schlagobersrand über ihrer Oberlippe fragte sie ihn – noch breiter lächelnd als zuvor: „Und? Waren die Zeichnungen

des jungen Hundertwasser das einzig Interessante, das man im Terrassen-Cafe gefunden hat?"
Just in diesem Augenblick war der Mohn dem Herrn Bürgermeister in die falsche Kehle gerutscht. Er hustete heftig und seine Wangen bekamen einen leichten Rotstich. Die Frau Redakteurin klopfte ihm hilfreich auf den Rücken - mit ziemlicher Vehemenz, fand der Herr Bürgermeister. Der Ernst der Lage war ihr anscheinend nicht bewusst, denn sie lächelte weiter.
Während er nach diesen Schrecksekunden den Mohn mit einem Schluck „Garser Wein" hinunterspülte, übernahm der Herr Professor das Antworten: „Ja, leider!" Das entsprach auch tatsächlich seinem Wissensstand. Der Herr Bürgermeister bezweifelte allerdings, ob sie sich mit dieser kurzen Antwort zufriedengeben würde.
Für den Moment jedoch ließ sie mit einem Lächeln von ihm ab und widmete sich wieder den Gästen. So konnte der Herr Bürgermeister den Topfenteil des Striezels ungestört genießen. Als er bei der Nussfülle angekommen war, hörte er die Frau Redakteurin von seinen Ziehharmonika-Künsten erzählen.
Und so kam es, dass der Herr Bürgermeister am späten Nachmittag dieses anstrengenden Tages den Kofferraum seines Audis öffnete. Dort lag seine Ziehharmonika für allfällige Einsätze jederzeit bereit.

Kurze Zeit später trällerte er sein Lieblingslied „Jetzt trink ma no a Flascherl Wein, hollodaro! Es muass ja net das letzte sein, hollodaro!“ in die kleine, feine Gesellschaft.
Und wieder einmal verfärbte sich nicht nur der Abendhimmel langsam ins Rötliche. Aber was tat man nicht alles für seine Bürgerinnen und Bürger!

Nachwort und Danksagung

Friedensreich Hundertwasser war tatsächlich im September 1945 mit seiner Mutter auf Sommerfrische in Gars am Kamp und in der Pension Schuster einquartiert.
Die in diesem Buch beschriebenen Zeichnungen und Aquarelle sind mit Ausnahme der Akt-Zeichnungen auf den Webseiten der Hundertwasser-Foundation zu finden. Die Akt-Zeichnungen sind, ebenso wie die Geschichte darum herum, meiner puren Fantasie entsprungen.
Die Informationen rund um die Babenberger-Burg finden sich auf diversen Schautafeln auf dem Schlossberg-Areal.
Die Beschreibungen aller anderen im Buch genannten Gebäude basieren auf persönlichen Gesprächen mit Ortsbewohnern, dem Buch „Garser Geschichten – Tausende Jahre Kulturlandschaft" der Marktgemeinde Gars, 2014 (ISBN 978-3-9503541-3-3) und auf dem Ausstellungskatalog „Stars in Gars, Schaffen und Genießen, Künstler in der Sommerfrische" des Museumsverein Gars, Zeitbrücke-Museum Gars, 2017 (ISBN 978-3-9504427-0-0).

Ich sage herzlichst DANKE …

… Herrn Rudi Mück für seine Mithilfe bei der Suche nach wesentlichen und unwesentlichen Details für „meine Story" im heutigen Gars.
… Reinhardt und Judith, weil sie an jedes meiner „Werke" glauben!

Brigitte Wenzina

Garser Trilogie

Band 2

„Die Spiegelfabrik"

Die Revitalisierung der ehemaligen Spiegelfabrik Lachmair wirft ihre Schatten voraus. Neben den ohnehin aufreibenden Vorbereitungsarbeiten für die Eröffnungsfeier, muss Bürgermeister Geier auch noch aufgebrachte Naturschützer und besorgte Anrainer beruhigen, eine engagierte Biber-Forscherin und einen fremdenfeindlichen Wutbürger im Zaum halten und sich um einen verliebten Pensionisten kümmern.
Kein Wunder also, dass der Herr Bürgermeister jeden Morgen mehr und mehr graue Haare in seinem Spiegelbild entdeckt...

Brigitte Wenzina

Garser Trilogie

Band 3

„Das Strandbad“

Das historische Badetrikot spannt etwas ungemütlich um die Körpermitte des Herrn Bürgermeisters Geier, als er mit einem wortwörtlichen „Sprung ins kalte Wasser“ die Badesaison des Strandbads Gars-Thunau publikumswirksam eröffnet.
Wieder aufgetaucht und umgezogen informiert er anschließend an Ort und Stelle die versammelte Lokalpresse von der bevorstehenden Erweiterung des Badeareals und rührt dabei auch kräftig die Werbetrommel für das „150-Jahr-Jubiläum der Garser Badetradition“, das mit einem dreitägigen Sommerfest gebührend gefeiert werden soll.
Die Aufmerksamkeit der Reporter und Fotografen ändert sich aber schlagartig, als der hinter dem Bürgermeister vorbeifließende Kamp plötzlich in fluoreszierendem Hellgrün erscheint…
Und das ist erst der erste Sabotage-Akt!